你好！奇妙的科学

生活里的数学家

［波］贝阿塔·奥斯特洛维茨卡(Beata Ostrowicka) 著
［波］卡塔日娜·科沃捷伊(Katarzyna Kołodziej) 绘
高良 译

北京联合出版公司
Beijing United Publishing Co.,Ltd.

亲爱的读者：

这是一本充满童趣的书。故事往往是充满想象力的，这本书中的主人公会遇到各式各样的问题，他们必须转动小脑筋，自己找到解决问题的办法。翻开这本书，你们会发现这些故事中充满了数字、运算、几何图形、计量单位、金钱、分数等内容。然而，阅读这些故事并不是要求你们完成作业或者回答困难的问题。书中每个故事都趣味十足，能够让你们看到数学问题很有趣的一面。

数学启蒙可以有很多种方式，故事和童话便是很好的途径。你们既可以独自阅读这本书，也可以和爸爸妈妈一起阅读。书中每个故事都通过对话的形式来带领你们进入神奇有趣的数学世界。你们可以将从故事中学到的知识代入生活中，也可以用从书中得到的启发来编写故事。这种对数学问题的处理方式激发了孩子们对数学的兴趣，并鼓励那些害怕学数学的孩子大胆自信地走进数学世界。

书的开始部分向你们介绍了0到9这10个数字，然后进入实践部分，例如：测量、称重、时间、金钱和空间方向。作者通过美味的比萨引入分数的概念，浅显易懂，同时也培养了你们的几何思维。通过读故事，你们能了解到各种各样的数学问题，你们

5+

会惊奇地发现，当自己全神贯注在故事上时，内心就会产生对数学知识的强烈共鸣。本书中伦卡、安特克、尤里克以及其他同学的对话，可以帮你们对在学校学习的知识产生更加深刻的印象。如果可以，记得请爸爸妈妈陪伴你们一起练习数学技能，这样的练习不仅能使学习更加高效，还能提升情绪控制能力。

让我们一起阅读并享受其中的乐趣吧。

克里斯蒂娜·萨维茨卡

波兰教师、儿童早期教育方法顾问

目录

如何数数	8
零，也就是没有	14
一只受伤的爪子	18
两兄弟	22
我不喜欢的3件东西	26
科奇斯的4个朋友	30
5根手指	32
日历中的6条狗	36
一星期的7天	40
八大行星	42
梅花9	46
打扫卫生？不仅如此	50
袖子太短	58
无聊的时候	62
好动的家伙	68
幸运马蹄铁	72
各种球	78
和麻雀说晚安	84
请来1斤小萝卜	88
机器人艾边1号	94
甜点大师	98
但是我不冷	106

我饿了	110
6月是蚕豆和樱桃的月份	116
与天才一起生活真难	122
山区徒步	128
有金色钟摆的时钟	134
伦卡的零花钱	136
小假期	140
神奇的梦	146
伦卡的日历	152
还要多久	156
我们将会成为名人	162

请找出本页和第 7 页两张图片中的 8 处不同的地方。

如何数数

安特克正在跟弟弟莱昂内克讲着学校里发生的事,比如:学了什么内容,课堂上做了什么,休息时间做什么,公共活动室有什么活动,午餐吃什么,等等。小狗咕噜咕噜也在一旁听着。安特克今天打算学习数数,但不能用小木棍,因为木棍太小,莱昂内克容易把它放进嘴里。数数游戏必须是安全的,所以他选择用玉米片来替代小木棍。

兄弟俩和小狗咕噜咕噜坐在花园里的毯子上。今天天气很好,阳光透过树枝照在草坪上。安特克将玉米片放在莱昂内克面前,一脸严肃地说:"从 0 到 9,一共有 10 个数字……"

"7，8，6，7，8，9！"有人在大声喊，是伦卡的表弟——雅库贝克。他还在上幼儿园,但他认为自己什么都知道。在这方面,他很像尤里克。

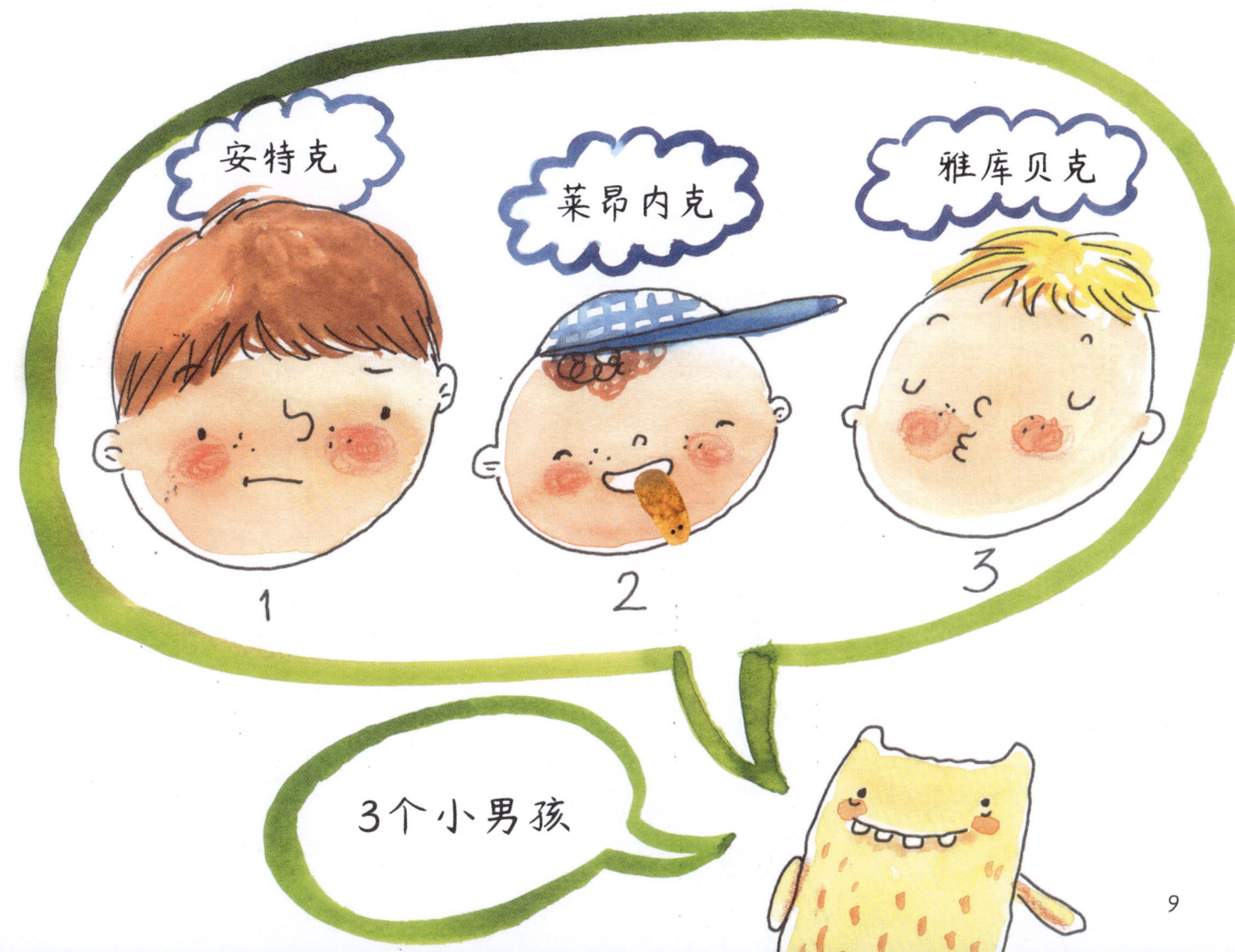

"不对。"安特克摇摇头。

"我还知道其他的!"雅库贝克大喊。

"莱昂内克,别听他的。是这样数的:1,2,3,4,5,6,7,8,9,10。"

"好的。"莱昂内克笑着说。

"是的,这是两个。"安特克把两片玉米片放在莱昂内克腿上。

弟弟美美地舔了舔嘴唇,并立即把玉米片放进了嘴里。莱昂内克脸颊鼓鼓的,看起来像一只仓鼠,再加上他那顶歪歪扭扭的帽子,更像一只虚张声势的仓鼠。安特克见状突然大笑起来。

"4后面是7!然后是3!"雅库贝克叫道,"这个我知道。"

安特克深吸了一口气,他觉得应该厉声管教一下这个小男孩,好让他不要在这里捣乱。小狗咕噜咕噜仿佛在对安特克眨眼,示意他淡定。"让雅库贝克随心所欲地数吧,他爱怎么数就怎么数。"安特克心里想着,伸手去拿玉米片。

莱昂内克试图站起来,却被小狗咕噜咕噜绊住了,跌倒在毯子上。安特克把他扶起来,并拍了拍他的衣服。玉米片碎屑撒得到处都是,小狗咕噜咕噜身上也有很多,他们需要帮它清理干净。

"没有了,没有了。"莱昂内克张开双臂说。

"嗯,衣服上没有玉米片碎屑了。"安特克愉快地点点头说。

零，也就是没有

周五的课程结束了，安特克已经回到了家里。马上是周末啦！安特克有几件事要在周末做。有些事比较无聊，比如洗自行车和做家庭作业；还有些事很有趣，比如与朋友一起玩耍和跟父母骑自行车去郊游。

安特克吃过午饭后，先陪弟弟玩了一会儿，现在他坐在书桌前了。

"课上得怎么样？"妈妈问，她怀里抱着莱昂内克和小狗咕噜咕噜。

"老师没留家庭作业！"安特克高兴地说。

"真的吗？"

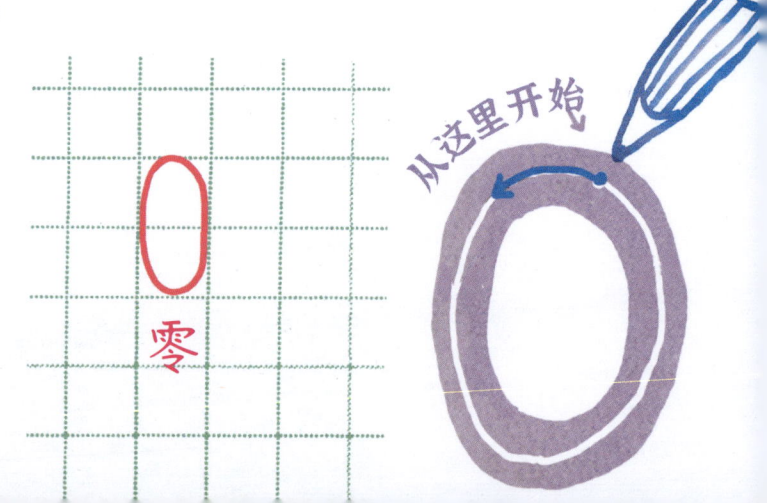

星期六很快就过去了,自行车之旅进行得很顺利,伦卡和她父母也参加了。星期天怎么样呢?那是梦境般的一天!早餐有安特克喜爱的果酱煎饼,吃过饭后,他在院子里玩耍。天空下起了小雨,然而,安特克一点儿也不介意。他和伦卡躺进树屋里,玩起了战争游戏。

"你的诗学得怎么样了?"伦卡突然问。她嘴里吃着苹果,有点吐字不清。

"什么诗?"安特克笑着问道。他马上就要赢了,心情好得很。

"老师要求我们自学的,那首关于秋天的诗,下周一要检查。我已经学习了两小节,你学多少了?"

"零。"这犹如一个晴天霹雳,安特克一脸沮丧地说,"我把这个给忘了。"

一只受伤的爪子

"猫咪,猫咪!小猫伊泰克!"伦卡一声接一声地喊。小猫伊泰克好几个小时前离开家,到现在也没回来,伦卡和妈妈正打着手电筒寻找它。

"宝贝儿,我们走吧。"妈妈说,"也许它已经回家了,我们回去看看。"

"如果没有呢?"女孩流着眼泪问道。

"要是它还没回家,那我们再出来找。"妈妈坚定地回答道,"别担心,我们会找到小猫伊泰克的。"

事实证明,妈妈是对的,当她们回到家时,小猫伊泰克就坐在门前的垫子上。

"它的两只前爪都肿了。"伦卡担心地说,"不对,只有一只是肿的。"

"它应该是被蜜蜂或黄蜂蜇了。"妈妈猜测说,"今年这种情况常常发生,它不会有事的。"

嗷 嗷
喵 喵
呜 呜
呜

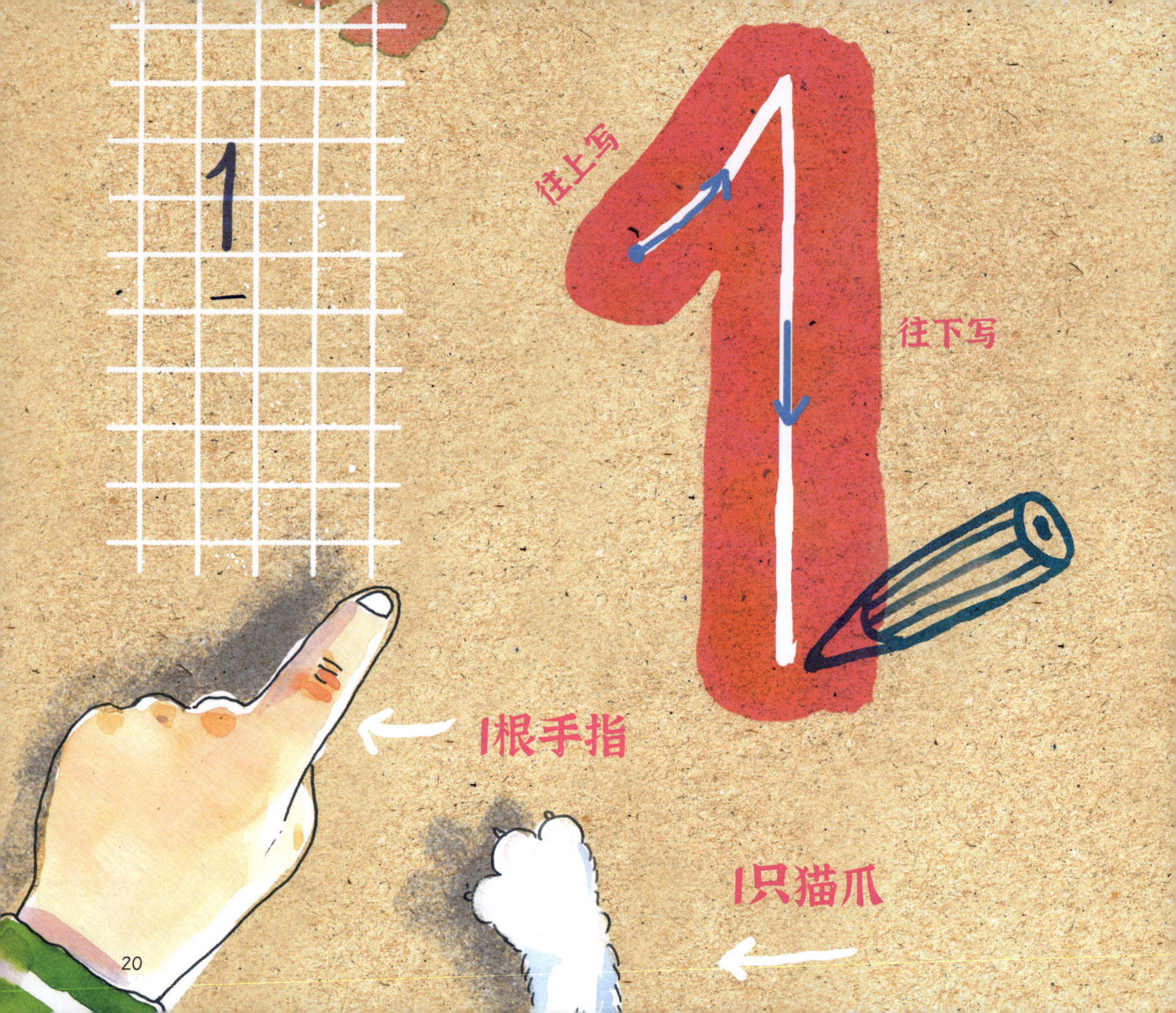

小猫伊泰克吃了一点东西,并用舌头舔着盆里的水。伦卡和妈妈给小猫伊泰克那受伤的爪子涂了特殊的药膏,并进行了包扎。它看上去不太喜欢这样。

"你知道你不在家里的时候,我有多担心你?你不应该招惹那些带刺的家伙。"伦卡抚摸着小猫伊泰克的后背,严厉地说,"我知道你激怒了它们,庆幸的是,你只肿了一只爪子。"

小猫伊泰克将那只布艺老鼠叼到伦卡面前,想跟她一起玩。平时,伦卡只要把老鼠抛出去,小猫伊泰克就会冲过去抓住这个玩具,但今天它很快就放弃了这个游戏。它跳到扶手椅上,恼怒地咆哮着,试图撕掉绷带。

"你知道该怎么做了吗?快去帮帮它吧。"妈妈笑着说,"药膏应该已经被吸收了。"

两兄弟

尤里克认为自己基本上是个大人了，并把弟弟马丘什看作真正的小孩。但是，当他和弟弟一起玩积木游戏时，他可一点儿都不像大人。积木数量很多，多到可以建造一座几乎和天花板一样高的塔。这么高的塔，在倒塌的瞬间发出巨大的响声，令马丘什感到无比愉悦。

"我们两个人一起玩积木一定很有意思。"有一次尤里克说。马丘什听后欢快地回答着什么，尤里克听不明白弟弟说的话，估计只有马丘什自己知道，或许爸爸大概也能明白。尤里克只知道弟弟很开心，说道："我们不能只是为了推倒它而建造，我们一起来搭建一座城市吧。"

两块积木

他们正在建造一个火车站、两个体育场和几栋现代化的房子。

"马丘什，找找那些蓝色的大积木。"尤里克说。

"你在马丘什这么大的时候，也有这样的积木，也非常喜欢玩。"爸爸坐在扶手椅上已经观察男孩们一段时间了，说道，"你们兄弟俩真像。"

"这难道不明显吗？毕竟我们有相同的基因，我们是你的儿子呀。"尤里克脸上带着得意的表情答道，"那个时候我喜欢搭建什么呢？搭建城市吗？"

"你最喜欢的是，当我搭建好一座塔，你就把它推倒，响声越大，你越开心。"

开心,开心!

我不喜欢的3件东西

伦卡不喜欢的3件东西分别是：暴风雨、牛奶和老鼠。与其说是不喜欢，不如说是害怕。两个星期前，当同学祖扎在课堂上炫耀她得到了一只小白鼠时，伦卡先是吓得发抖，然后拒绝看那只小白鼠。艾达和另外几个同学去祖扎家玩过，这几天他们的注意力都在这只小动物身上。它有一身洁白的毛，还有一双漂亮的小眼睛，它的鼻子动起来的时候也非常有趣。可以说它是全世界最漂亮的小白鼠。

星期四,伦卡发现祖扎的笔记本在自己的书包里,是她无意中放进来的,所以,不管愿不愿意,她都必须去还给祖扎。

大约10分钟后,伦卡来到了祖扎家。"不,我还是不进去了,我现在得走了,妈妈在等我。"当她看到祖扎有些失落时,又补充道,"那我就待一会儿……"

突然,祖扎的哥哥阿图尔出现在走廊里,肩上站着一只小白鼠。伦卡完全没有感到恐惧,而是爆发出一阵无法抑制的笑声。

"它太可爱了。"伦卡发自内心地赞叹道。

"那当然,"祖扎得意地说,"它是世界上最漂亮的小白鼠。"

经过这件事,伦卡认为,在她不喜欢的3件东西中,老鼠可以去掉了。

科奇斯的4个朋友

无论是在班级里，还是在学校里，科奇斯有4个朋友这件事都不是什么秘密，他们分别是：艾达、伦卡、尤里克和安特克。不管是校内还是校外，他们经常在一起玩。

科奇斯喜欢滑雪，并以自己的方式认识周围的世界：海滩上的贝壳按大小排列，教室里的孩子们根据眼睛的颜色或身高来区分，衣柜里的衣服按颜色分类。

有时，科奇斯会陷入沉思，以至于没注意到别人跟他说话，为此有些孩子认为他反应很慢，在背后取笑他。但是，他们现在不这样认为了，因为越是了解科奇斯，就越无法对他产生偏见。总之，科奇斯和他周围的孩子们都有某些怪癖：伦卡害怕暴风雨；巴尔特克喜欢开着灯睡觉；最糟糕的是巴莎，她总撒谎，而且喜欢说其他孩子的坏话。

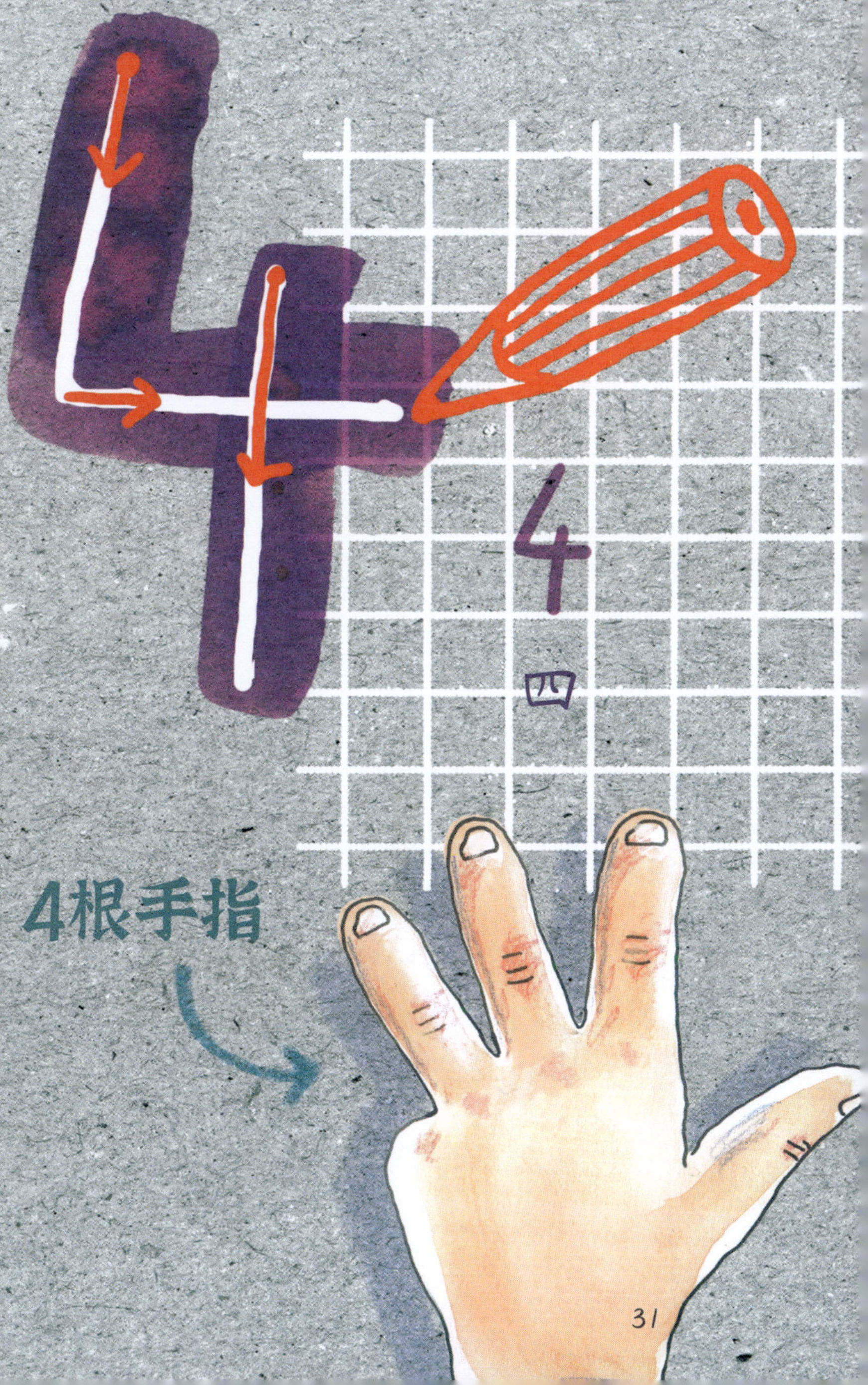

还有一件事情也不是秘密，4个朋友中，科奇斯最喜欢艾达，而艾达也最喜欢科奇斯。在班上，他们一起坐在靠窗的那个小组的第4张桌子旁。

4
四

4根手指

5根手指

"这是大拇指,这是食指、中指、无名指和小指。"妈妈一根接一根地把莱昂内克的手指拨开。

莱昂内克笑了,妈妈的抚摸让他感觉痒痒的。他们现在坐在花园里的野餐垫子上。安特克站在一旁,他在用双筒望远镜观察云层。

"大拇指挺搞笑的,"安特克说,"它与其他手指都不一样,它很特别。"

"确实不同。"妈妈点点头说,"但它并不是为了搞笑而存在的,它可是非常重要的。"

"呃，那么……"安特克皱着眉头说，"它有什么用呢？我想它是凑数的吧！"他好像对自己的玩笑很满意，这时莱昂内克也开始附和他。

"你看好莱昂内克，我马上回来。"妈妈说着走进屋里，过了一会儿，她拿着绷带回来了，对安特克说，"伸出你的手。"她用绷带将安特克的大拇指完全绑住，使它无法活动，然后说道，"你现在试着把这个瓶子拿起来。"

"我拿不起来。"

"没有大拇指，你就写不了字，开锁时无法转动钥匙。怎么样，你还觉得它是根搞笑的手指吗？"

"嗯，不是了……家里还有绷带吗？"

"有啊。"

"那我带点绷带去找伦卡。"

日历中的6条狗

雅西科瓦先生一家住在艾达楼下,也就是6楼,他们的两个孩子都快成年了。雅西科瓦夫人出门时喜欢喷上香水,并带着相机。艾达和他们碰见时只是说"早上好""晚上好""再见""晚安"之类的话,从来没有真正交谈过。然而,有一天当艾达陪多德克在小区散步时,雅西科瓦夫人走了过来。

"你好,你是艾达对吗?"她笑着打招呼说,"我刚刚和你妈妈聊了一会儿。"

"您好,我看到了。"

"我正在制作明年的日历,想给你的狗狗多德克拍张照片。"

艾达惊讶地睁大了眼睛。要把她的狗的照片贴在日历上吗?她的狗狗很出名吗?为什么呢?毕竟它刚刚挖完鼹鼠洞,爪子很脏,头也很脏。

"你是要现在拍照吗?"

"首先需要得到你的同意,然后我们商量好拍照的日期。我打算把多德克的照片放在6月份。"

"只是……请问……"艾达压低了声音,环顾四周看看多德克在哪里,问道,"你的日历中会有猫吗?多德克讨厌猫。"

"只有狗。我已经有5条狗的照片了,多德克将会是第6条,其他的我还在寻找。"

"那好!我同意了!"

星期一　星期二

一星期的7天

在一星期的7天中,尤里克最喜欢星期一。对孩子们来说,一个星期的开始意味着将要迎来新的冒险。他们会在课堂上学习许多新内容,有些很有趣,有些不那么有趣,无论怎样,每天都会发生许多新事情。课后,孩子们会参加兴趣班。尤里克加入了国际象棋俱乐部和摄影俱乐部,他还想报名参加排球训练班,但排球教练雷娜塔女士目前生病了。

星期三　　　　星期四　　　　星期五　　　　星期六　　星期日

上学，回家，在院子里陪小狗麦克斯散步，看望爸爸……我每天都有很多事情需要去做。

作为常识，大家都知道每天都应该早起，做该做的事。"一日之计在于晨"，不要浪费时间，这意味着有更多机会成为更好、更机智的人。

而尤里克非常希望自己能成为更好、更机智的人。

7根手指

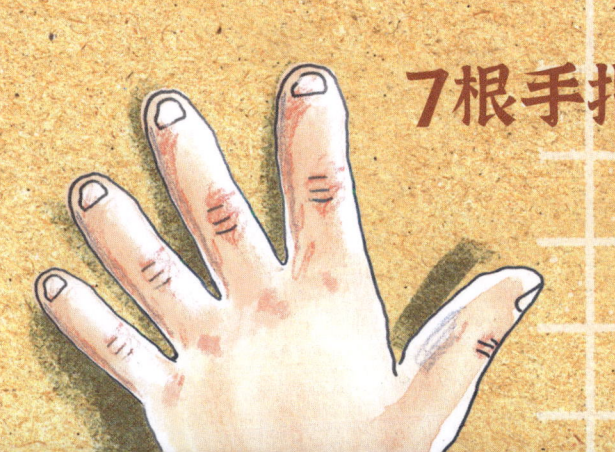

七

八大行星

几个星期前,安特克的房间被重新粉刷了一遍。墙面上脏乱的痕迹不见了,书桌旁果汁杯打翻后留下的污渍也不见了,现在的墙面是雪白的。爸爸妈妈建议给墙面换个颜色,但男孩坚持说不,只用白色。在这明亮的背景下,太阳系八大行星的海报看上去将会非常漂亮。唯一的问题是,粉刷过的墙面上已经挂上了新的架子,现在必须为这张海报找到合适的位置。

8根手指

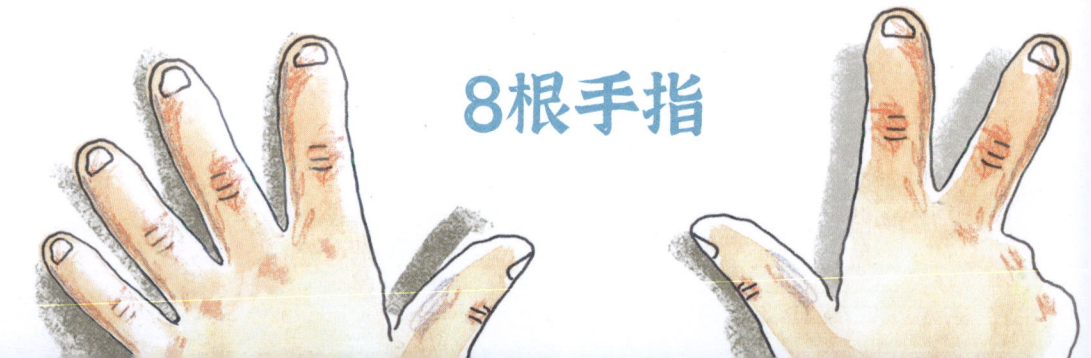

"要不我在这边贴4张固态行星海报,在床头贴4张气态行星海报?"安特克思考着,"或者换个方式?因为我想把土星海报贴在书桌上方,它是……"

"它是你最喜欢的星球。"妈妈走进房间说道,"我知道的,从早上到现在,你已经说了快100遍。"

"我的房间太小了!"安特克埋怨道,"墙不够贴了。"

"也可能是星球太多了。"妈妈笑着说,"我去看看莱昂内克,你自己再考虑考虑。"

安特克叹了口气,这真是一个困难的决定。哎,等一下,天花板怎么样?嗯,这是个好主意!把行星海报贴在天花板上,太有意思了,不知道爸爸妈妈会怎么说……

梅花9

一直以来,安特克对牌技非常感兴趣。他常练习快速洗牌,梦想有一天能做出"蟒蛇落牌"的动作,也就是把牌排成一条"长蛇",然后高高抛起,并一张一张地接住所有的牌。

目前,安特克在用旧牌进行练习,等他成为有名的牌技魔术师后,他将买一副新牌。洗牌练习并不像他想的那样顺利,但他知道,实践是最好的老师。

安特克跟伦卡一起坐在树屋中,他神神秘秘地对伦卡说:"魔术师不仅能扔牌和接牌,还能找牌。"

"是不是在迷路的时候很管用？"女孩咯咯地笑了起来。而安特克显得有些愤愤不平，他可不喜欢在谈论这么严肃的事情时被人取笑。

"你拿着这些牌，背面朝上把它们摊开，我来找方块A。它会对我说话，我能感觉到它的力量。"

伦卡按安特克说的将牌在地上摊开,安特克毫不犹豫地指着其中一张牌。

"这是梅花9。"伦卡翻开牌说。

"再来一次。"安特克变得紧张起来。

伦卡洗好了牌,安特克又指了一张,依然没有找到方块A,而且还是梅花9。这令他非常生气。

"你知道吗?也许你感觉到的不是方块A的力量,而是梅花9的力量。"伦卡思考着说,"我重新洗牌,然后你来找梅花9。准备好了吗?"

"就是这张。"安特克指着一张牌说,"哈哈,牌在跟我说话呢!我感觉到了。对不对?是梅花9吗?"

"是方块A。"

整理和分类

打扫卫生？不仅如此

尤里克不太喜欢他的表弟达雷克，更不喜欢达雷克的弟弟亚雷克。兄弟俩住在镇子的另一头，他们目前在上幼儿园。亚雷克上中班，达雷克上大班，他们经常有疯狂的想法，并且对大人的话十分反感。两兄弟这会儿又吵又闹，尤里克仿佛看见了一只聒噪的青蛙和一头到处搞破坏的小熊。

"他们什么时候离开呢？他们在我们家待了这么久，他们没有自己的家吗？"郁闷的尤里克在厨房里低声问妈妈。就连小狗麦克斯也躲到厨房来了，它把它的垫子从走廊的桌子底下拖到了这里。此时，达雷克和亚雷克在大房间里玩，他们的妈妈——多罗塔阿姨正在阳台上。

妈妈接通了电热水壶,弯下腰对尤里克说:"你知道的,他们有自己的家,但多罗塔阿姨是我们的亲戚啊。"

"嗯,我明白,我也喜欢多罗塔阿姨,但我讨厌达雷克和亚雷克。"

"嘿,你要克制一些。"妈妈摸了摸儿子的头说,"两个小家伙今天表现得很好,他们正在电视机前看动画片。"

小熊　青蛙

"我知道了。"尤里克紧绷着脸从厨房慢悠悠地走回自己的房间。而在他房间里的床上、地板上甚至书桌下面,到处散落着玩具、衣服、蜡笔等。总而言之,尤里克所有的东西,不管是架子上的、抽屉里的,还是爸爸最近给他买的放在彩色装饰盒里的礼物,都散落一地。

"干什么?干什么?"亚雷克跳到床上,并像皮球一样在上面弹跳着,说道,"你想怎么样?"

"就是,你想对我们做什么?"达雷克也在蹦蹦跳跳,但他没有跳到床上,而是在床边。令人气愤的是,他正踩在尤里克的衣服上。

尤里克在脑子里从1数到10,这是他爷爷教给他的,据说是让自己平静下来的最好方法。然而,这个方法在此时此刻没有起任何作用。

尤里克想象着这样一个场景：把亚雷克装进绿色的盒子里，把达雷克装进蓝色的盒子里，然后把两个盒子运到邮局，并邮寄到最近的荒岛上。尤里克的脑海中浮现出兄弟俩在荒岛上愁眉不展的样子，感到非常开心，因此，他看上去不那么愤怒了。尤里克不紧不慢地走到书桌前，坐在了椅子上。

"你不准备打扫吗？"亚雷克暂时停止了蹦跳，惊讶地说。

"喊……"尤里克不屑地甩了甩手说,"我有更重要的事情要做,我在考虑……"他扶了扶眼镜,表现得很神秘,叹了口气接着说道,"你们别问,问了也不会明白,这个对你们来说太难了。"

我们是一对兄弟!

兄弟俩瞬间站到了他的面前。

"嗯？哪有我们不明白的呢？"亚雷克冷笑着问道，达雷克也轻蔑地哼了一声。

"把这种形状的物体都收集起来，并把它们放在书架上。"尤里克指着放在书桌旁边的一本书说。

兄弟俩迅速开始做这项任务。

"这有什么难的呢？"亚雷克气喘吁吁地说。

"这个确实不难。"尤里克耸耸肩说，"接下来的才是困难的……"

"嘿！"达雷克一脸不屑。

"你们要收拾衣服——但不是所有的衣服，这里每个人都有能力做。注意，只收拾T恤衫和运动衫。"

在这之后是找裤子，只收拾长腿裤；接下来是收拾积木，先整理乐高，再整理木质积木；最后是毛绒玩具、裤子、内裤和短裤。当所有东西都差不多整理完毕时，尤里克为自己的聪明才智感到自豪。两位妈妈都向房间里看去，小狗麦克斯也向房间里看去。

"哦，你们在做什么？打扫卫生吗？"多罗塔阿姨惊讶地问。

"是的，我们正在整理东西！"亚雷克一边说着，一边把蜡笔放进盒子里。

"对！"达雷克得意地说，接着他掏出了压在地毯下面的积木。

"你们是怎么做的呢？"

"我们先整理，然后进行分类。"亚雷克严肃地回答道，"嗯，比如说，'玩具'是大类，在这下面，'积木'是其中一个小类。"

哇……

"'衣服'是大类，'内裤'是小类。"达雷克补充道，"'袜子'也是小类。"这一次他们都没有发出"哼"的不屑声。

 试衣服

袖子太短

最近几个月,安特克长高了很多。对他来说,现有的衣服不是太短,就是太紧或太窄了。

"好吧,儿子,我们要去商场买衣服了。"爸爸叹了口气说。根据以往的经验,安排这样的购物活动比较麻烦,因为安特克要是碰上不顺心的事情,他很快就会变得不耐烦。

"什么时候去呢?"

"要不明天吧?"爸爸提议,他在等待着安特克回答说明天、后天,甚至是大后天,或者根本不想去。

大的　小的

长的　短的

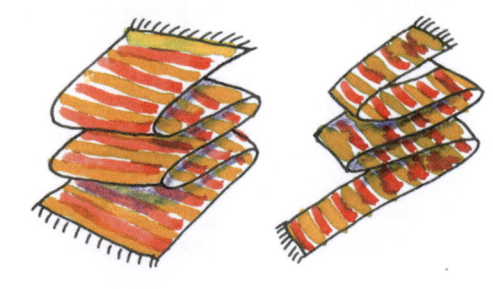

宽的　窄的

松的　紧的

"可以今天去吗？"

"可以。"爸爸略带吃惊地同意了。不一会儿他们就坐在车里了，20分钟后就到了商场。

"我们先去找长裤吧。"爸爸说。

"那你去找长裤，我去找T恤，我自己来挑。"

"就这么办！你还需要一件运动衫。"

"需要什么，哪种款式的，"安特克一脸严肃地说，"我自己来做决定。"说完便向商场里面走去。

爸爸已经帮安特克选好了长裤、袜子、内衣和雨衣，安特克还在T恤衫架子边不断徘徊。当安特克装满购物袋后，他终于出现在了爸爸身边。

"我已经挑好了所有的东西！"安特克高兴地说。

"真棒!每一件都试一下。"

小男孩去了试衣间,爸爸听到他在自言自语,但爸爸听不清具体内容,他猜测安特克可能对衣服不满意。

"这件T恤太紧了!"不一会儿,安特克穿着一件几乎遮不住肚脐的T恤站在爸爸面前,手里拿着一件色彩鲜艳的衣服叫道,"而这件又太大了!"

"我们再找找合适的尺寸。"爸爸安慰道,"试一下这两条长裤,看看合不合身。"

太长了!

太短了!

"对我来说,一条裤子太长了,而另一条太短了。"安特克失望地说,"外套太长了,毛衣的袖子太短了。"

"也就是说没有一件合适的?"

这顶帽子很合适,太阳镜也很好!

 几何图形

无聊的时候

艾达和妈妈一起乘公交车去看望奶奶。路上她们大概要花两个小时，这是一个漫长的过程。

"我有点无聊。"艾达搂着妈妈的肩膀咕哝道。她试图通过画画、看书和欣赏窗外的风景来消磨时间，但都失败了。

"那我给你提个建议。"妈妈合上书，从包里拿出了笔记本和笔。

"我们是要玩圈叉棋吗？"

"可以等会儿玩。现在，你在这页纸上写出所有与三角形相似的东西，在这页纸上写出与长方形相似的东西，在这页纸上写出与圆相似的东西。"

"那与正方形相似的东西呢？"

"也写出来。"

"这也太无聊了！"女孩皱着眉头说。

"真的吗？你都没有尝试过，怎么知道呢？"

艾达不以为然地叹了口气，她环顾四周，什么是圆形的呢？轮胎、衣服上的纽扣，唉，太简单了，真无聊。还有什么呢？妈妈的手镯、坐在我旁边拿着饼干的女孩戴着的大银耳环，实际上，饼干也是圆的！公交车停了，新上来的

乘客要买票,他们投的硬币也是圆的。还有吗?艾达睁大眼睛四处寻找,公交站旁边的广告牌上画着一个巨大的比萨,比萨上面的番茄片都是圆形的。

"这个游戏太好玩了!"艾达笑着对妈妈说,"现在我要写与三角形相似的东西啦。"

女孩低头在笔记本上写着:比萨,更准确地说,是一块比萨;路标;那位正在过马路的女士裙子上的图案。

"还有什么三角形状的东西是我在这里看不到的呢?"艾达问道,"比如说学校里的东西?"

"当然有啊。"

三角板、三角形饼干——最好吃的是芝麻味的,莉莉卡总是把它们装在塑料盒里。夹子、食堂里的餐巾纸、音乐教室的三角铁,哦,还有那个曾经来过幼儿园的圣诞老人的帽子。

"好样的!"妈妈低头看看笔记本说,"还有吗?"

"现在是长方形,门上的贴纸,手机……"艾达一口气列举了很多东西,"口香糖、果汁盒、报纸、窗户、门、窗外的建筑物,哦,还有火车、车厢。"

"还有笔记本。"妈妈补充道。

"我马上写下来。"艾达伸手去拿笔,说道,"包里的相机也是长方形的。"

"手提包本身,以及它的口袋也是。"妈妈又提示了一次。

"正方形的东西有我给奶奶画的画、医药箱……"

"医药箱在哪里?"

"在那边。"艾达指着靠近车顶的架子说,"那里还有一个抱枕和一个手提箱是正方形的。"

比萨的形状。

 测量和长度单位

好动的家伙

在马丘什的房间里，墙上贴着一把长颈鹿形状的彩色纸质测量尺。当马丘什笔直地站在它旁边并保持不动时，妈妈或爸爸就在上面标出他的身高，并计算出他比上次测量时长高了多少。这非常困难，因为对马丘什而言，站在原地不动，哪怕只是一瞬间，也是一个巨大的挑战。巴希亚女士说，马丘什是个好动的家伙。

尤里克有一把卷尺，是建筑工地上使用的那种。它几乎可以用来测量一切，一条桌子腿高多少厘米，一个玻璃杯是多高，从房子门到花园门有多少米，从花园门到花坛有多少米，从花园门到那棵白桦树有多少米，那棵白桦树最粗部位的周长是多少厘米……尤里克把这些都写在一个笔记本上。

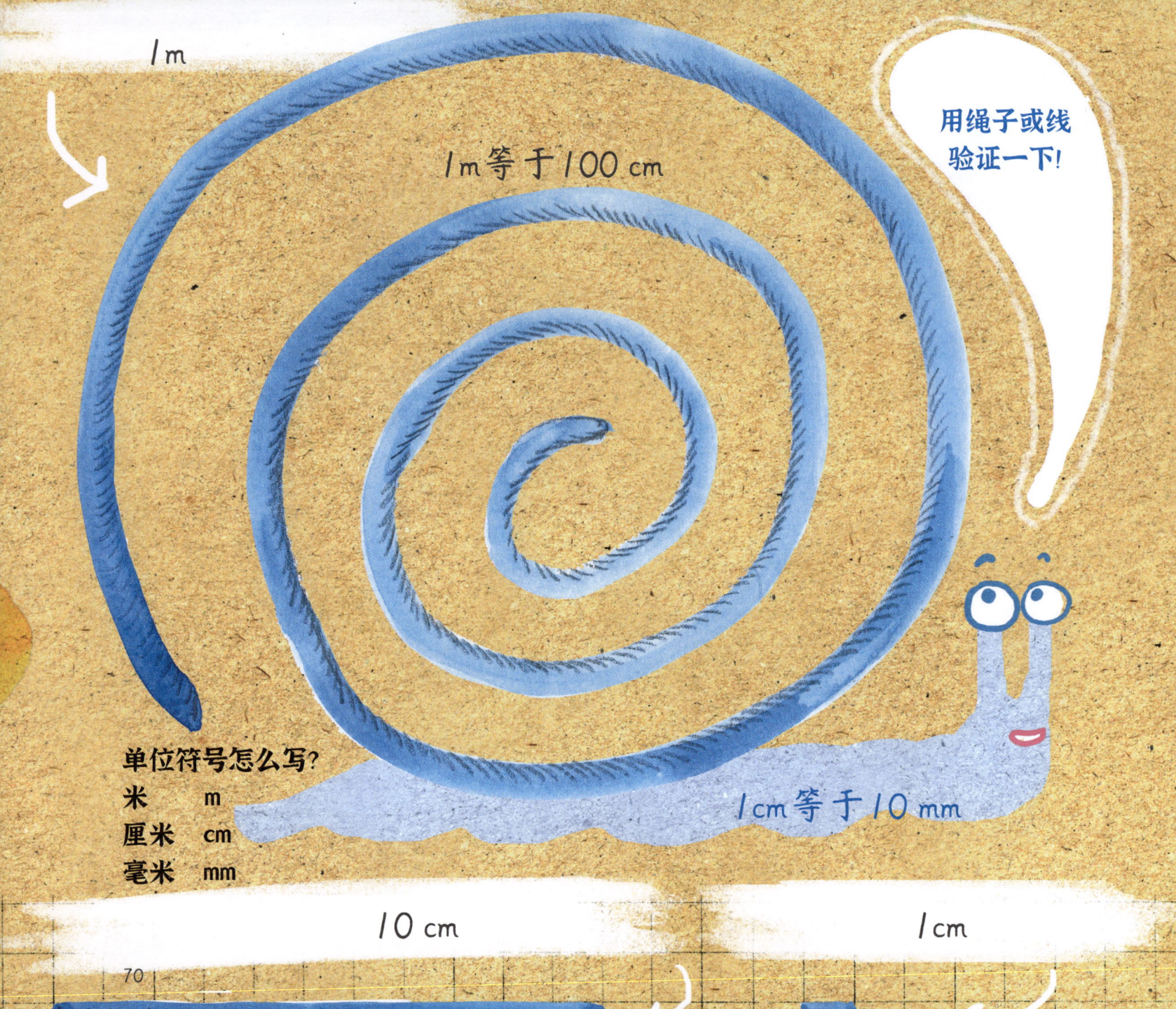

目前,马丘什身高 80 cm,尤里克身高 120 cm。"你比他高 40 cm。"巴希亚女士笑着说。

尤里克想量一量小狗麦克斯的尾巴有多长,但狗狗一直在摇晃尾巴,没办法测量。小狗麦克斯真是个活泼的家伙,当尤里克试着测量它的尾巴时,它还汪汪叫。

> 称重

幸运马蹄铁

明天，在附近的镇上将举行大型庆祝活动，会有很多人来参加，奖品是"健康篮子"。里面装了苹果、李子、西红柿和黄瓜，这些都是米拉夫人种植的。

"宝贝孙女们，我们把黄瓜放在最下面，然后是苹果。西红柿放在苹果上面，这样它们就不会被压坏了。"米拉夫人说。

"那李子呢？"

"李子放在西红柿上面。每个篮子里的东西数量一定要差不多，我们抓紧时间装吧，晚上米耶特克先生会来取篮子。"

我们一共有10个，正好需要这么多。

"我们会处理好的，你去忙别的事情吧。"卡罗拉让米拉夫人别担心。卡罗拉的表情显得有些不自然，因为她偷吃了一个西红柿。

"就把这个当点心吧！"米拉夫人向孙女们眨了眨眼。

"而且这些都很大个，这个是最大的！"卡罗拉笑着说。

姐妹们高效地装满了放在草地上的篮子，并用彩色的蝴蝶结装饰了每个篮子。

"卡罗拉，这个粉红色篮子里的西红柿不够多。"艾达说。

"那我多放一些。另外，蓝色篮子里的李子太多了。"

傍晚时分，米耶特克先生来了，他留着八字胡须，笑起来很慈祥。

"你们好吗？小帮手们，你们累了吗？"

"还不错。"姐妹们异口同声地回答。然而,卡罗拉的表情有点古怪。

艾达已经知道了,卡罗拉准备了一个恶作剧。

"嗯,我马上就结束了。"米耶特克先生把最后几个篮子拎进车里。突然,他向一侧弯下了腰,说道,"这个篮子比较重。"

"我实在忍不住了!"卡罗拉从比较重的篮子里拿出一块大大的旧马蹄铁,大笑着说,"这是我在马厩里发现的。"

"把它留在篮子里,这个特别的篮子可以作为一等奖——有幸运马蹄铁的篮子。"奶奶说。听到这话,米耶特克先生笑得比平时更开心了。

"它需要做一个额外的标记。"艾达俏皮地说。

"你们再给它打个蝴蝶结。"奶奶建议道。

篮子都已经装进车里了,米耶特克先生和奶奶正在喝咖啡,女孩们在吃蛋糕。这时艾达咯咯地笑了起来,说道:"卡罗拉,你知道吗?马厩里还有一块老砖头,好在你没有发现。"

"我看到了,但马蹄铁更容易隐藏。对了,你是怎么知道的呢?咦,你的背包里是什么?"

 集合、加法和减法

各种球

"安特克,有人找你!"爸爸在屋里大声喊道。

现在是星期六下午,从星期四早上到现在一直在下雨。安特克感到很烦闷,更准确地说,他很生气,因为下雨,他早就计划好的周末时光泡汤了。他本来打算昨天打扫房间,今天去花园或操场上玩。然而,他昨天根本没有打扫房间,今天可能也没办法出去玩,因为天气看起来不会好转了。最重要的是,伦卡跟她父母去旅行了。

安特克听到有人在喊自己,问道:"是谁呀?"同时慢腾腾地把书放回了书架。

"是我!"伦卡一边喊道,一边顺着楼梯上楼,冲着闷闷不乐的朋友笑道,"嗨!"

"嗨！"

"那边也在下大雨，而且妈妈还感冒了，所以我们提前回来了。你为什么看起来愁眉苦脸的呢？"

"我什么都不想做。"安特克如实回答。

"那在你本来的计划中，现在应该做什么呢？"

"现在应该打扫房间。"安特克沮丧地说，"顺便找一下波兰语笔记本。"

"我来帮你。"伦卡兴致勃勃地提议道。

"我甚至记得那个笔记本放在哪里,我到处都找过了。"他指了指房间中央那些五颜六色的箱子。

"那我们赶紧把它们移到旁边,一个一个地找。"伦卡坚定地说。

他们正翻找着笔记本,这时,其中一个箱子发出了熟悉的响声,伦卡好奇地打开了箱子盖。

"这不是你的玻璃球吗?呃,为什么这么少呢?以前不止这么点儿的。"

安特克从箱子里拿出一个黑色的磨砂玻璃球,若有所思地说:"你还记得我以前有多喜欢这些玻璃球吗?我一共有10个,然后用其中一部分换来了这张恐龙海报。"说着,他指了指贴在书桌上方墙壁上的海报。

还有我们呢!

"你那些透明的、好像有些开裂的玻璃球呢……一个都没留下来?"伦卡把箱子翻了个遍。

"我送给尤里克了。"

"只是这样吗?"

"嗯,是的。"

伦卡走到书桌前说:"欸?这根本不是恐龙海报,这应该是某个星球。"

"这是火星!"安特克憨笑着说,"我用黑色玻璃球换了恐龙海报,而这张火星海报是用恐龙海报换来的……哈哈!"他用手拍了拍额头,接

着说道,"我想起来了,我知道那个笔记本在哪里了。"

"在哪里呀?"

"我借给尤里克了。"

"对了,你为什么不再收集玻璃球了?"

"因为我已经长大了。"安特克一脸严肃地说。

"从你的裤子就看出来啦!"伦卡咯咯地笑着说,她想象着一个高大而又闷闷不乐、脚下围着许多小玻璃球的安特克。

加法和减法

和麻雀说晚安

伦卡和麻雀是好朋友。妈妈在伦卡房间的墙上画上了麻雀,当伦卡躺在床上时,关掉房间的顶灯,打开台灯,墙上画的鸟儿看起来就像是活的。伦卡能认出它们,她知道那个左腿一瘸一拐的黑色家伙总待在书桌旁,两个银色的小家伙则坐在窗边。当伦卡快要睡着时,她的脑海中浮现出鸟儿正在房间里飞翔的场景。

今天，有一群麻雀飞进了房间里，伦卡试着数了一下有多少只。它们在屋子里四处飞舞，两只最大的淘气鬼飞进了衣柜里，有两只落在床脚边正打着盹儿的小猫伊泰克的头上，还有一只胆大的棕色麻雀正在啄着小猫伊泰克的尾巴尖。伦卡笑了笑。哦，不，有两只已经飞走了，紧接着又有三只飞到了相同的位置上。有几只在台灯上停留了一会儿，叽叽喳喳地飞出了窗外。

"你们不要动，就停一会儿。"伦卡懒洋洋地说。她现在已经顾不上那些坐在她书包上的淘气鬼了，要数清楚这些小鸟可不是件容易的事。"怎么这么多呢？"她喃喃自语，把被子拉到下巴，她实在是太困了。

"今天是我的生日,"跛脚的黑色麻雀说道,"我邀请了我的朋友来一起庆祝。"

"哦,那祝你生日快乐!"

"谢谢,谢谢!"鸟儿开心地点点头说,"等会儿还会有更多的客人飞来,也许到早上你就可以数清了。"

"不,我坚持不住了,晚安。"伦卡打着呼噜睡着了。

 称重和计量单位

请来1斤小萝卜

对安特克来说，独自去菜市场购买物资可是一件大事情。天空下起了大雨，之前用钢笔写好的购物清单已经被雨水淋湿了，但安特克毫不在意。为了今天的晚餐和明天的森林郊游，他曾努力记住妈妈交代他要买的东西。然而，现在安特克的脑子里一片空白。菜市场离家不远，沿着操场走一会儿就到了，在那里，水果、蔬菜和其他食品应有尽有。

"您好！"安特克跟安娜夫人打招呼，"我要买点西红柿。"整个菜市场里她的摊位最漂亮，而且她卖的都是有机蔬菜，安特克的爸爸妈妈经常来她这里买菜。

"你好！你要买多少？"

"可以买多少呢？"安特克小心翼翼地问。

"2斤、1斤、4个、2个，都可以。"安娜夫人答道。安特克一脸疑惑，他没有说话，而是把那张皱巴巴的购物清单给安娜夫人看。"我明白了。"安娜夫人说，"要不我把电话给你，你给你妈妈或爸爸打电话？"

"不用了，谢谢，我可以处理好，我应该能想起来……"

"也行，那你说说看。"

"一斤西红柿，黄瓜……我不记得要多少了。"安特克皱了皱眉说，"可能是四根黄瓜？还有没有别的呢？"他眼睛扫了一遍摊位。

"还要三根香蕉。妈妈还想要一盒1升的牛奶，这个我去家附近买。哦，对了，我还需要买甜瓜，可以给我来2斤吗？"

净重

毛重

皮重

"甜瓜不是这样卖的哦,我要看看一个瓜有多重。"

"那我选最漂亮的那个。"安特克一本正经地说,"再要4斤草莓。"

"那也就是一篮筐。"安娜夫人点头说。

过了一会儿,安特克得意扬扬地往家里走去。东西有点重,但他非常开心。幸运的是,雨已经停了。安特克突然想起一件事,他又回到摊位旁。

"我刚刚忘了,"他喘着气说,"我的购物清单上写着要买1斤小萝卜。"

"小萝卜是按把卖的。"安娜夫人朝安特克眨着眼睛说,"你做得很好。"

"谢谢!下次我要用圆珠笔写,不用钢笔写了。我感觉我还忘记了什么事情,可能要到家后才能想起来。"

空间与方位

机器人艾达1号

按卡罗拉的计划,今天会是疯狂的一天。艾达非常喜欢这种疯狂的日子,毕竟这种日子不常有,而且特别令人难忘。最近的一次是在一个早上,姐妹俩在阳台上吹泡泡,接着卡罗拉做了美味的三明治当早餐。那不是普通的三明治,而是动物形状的三明治,有的像老鼠,有的像猫,有的像瓢虫,这么漂亮的东西就这样被吃掉真是太可惜了。那天,她们一直玩到深夜。

"如果你今天变成一个机器人,你愿意吗?"卡罗拉建议说。

"当然了。"艾达用机器人般的声音回答道。

"直起身来,手肘弯曲。嘿,艾达,做一个严肃的表情……很好!机器人艾达1号,向前走5步。嗯,不错。把掉在椅子后面的书捡起来,注意膝盖不要弯曲。顺便说一下,你要做个体操训练。"

"书已经捡起来了。"艾达扶了扶眼镜,用震耳欲聋的声音答道,"现在怎么做?"

"现在机器人艾达1号向右走3步,向前走2步,再向后走1步,把书放回书架上。"

"我是一个清洁机器人吗?"艾达哼了一声,冷笑着说道,"也许一会儿你会让我从柜子里把吸尘器拿出来,从前面、后面和侧面打扫卫生,然后我就打扫了整个屋子。"

"好主意!"卡罗拉对妹妹眨了眨眼说,"我可没有想到这个。现在,这个被冒犯的机器人正在太空飞船外漫步。"

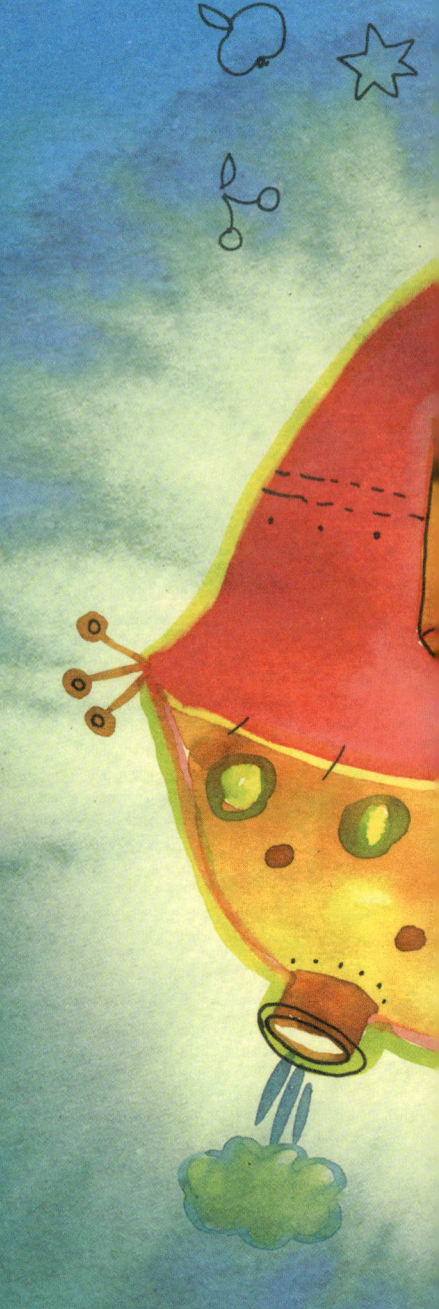

"在外面?那么是要去哪里呢?"

"去厨房,机器人将在那里拿原料。"

"什么原料?"

"准备好水果、冰激凌和巧克力酱,我要做甜点。另外,还有一个非常美味的小惊喜,不知道机器人你有兴趣吗?"

"机器人预约两份。"艾达回答说,然后比任何时候都快地向厨房前进。

称重与质量单位

甜点大师

300克糖

1块巧克力

伦卡最喜欢姑姑玛塔。妈妈要开会,爸爸也有工作安排,所以下午伦卡和姑姑待在一起。

"你最近过得好吗,小侄女?"姑姑玛塔一边费劲地伸手去取架子顶部的搅拌器,一边用压抑的声音问道。

"嗯,挺好的。"伦卡啃着花生回答,"姑姑你准备做什么呀?"

"在你妈妈回来之前,我们一起做一个巧克力蛋糕。"她强调了"一起"这个词。

原料已经放在桌子上了。姑姑玛塔来熔化巧克力,而伦卡负责称面粉。可这台秤与她家里的完全不一样。她家里的电子秤看起来像一本薄薄的书,用它来称重太简单了,一点都不好玩。而姑姑家的是一架有卷曲花纹图案装饰的老式天平,它有两个光亮的托盘。在其中一个托盘上放置要称的东西,另一个要放上从木盒子里选择的合适的砝码。如果两边的高度一致,则表示称重完成。

"姑姑,我没称够500克面粉,只称了200克,这样可以吗?"伦卡问道。

"我们按照食谱来。"

"哦,拜托了!"伦卡恳切地说,"我相信可以的,我多放了一点发酵粉。"

"这样的话,我们的蛋糕会是黑色的。"姑姑小声地说,"我们不是在做巧克力哦。"

"肯定没问题的。"伦卡自信满满地说。她鼻子沾上了面粉,脸上笑开了花,说道,"哦,我少称了一些糖……就这样,可以吗?我准备倒进盆里了哦!"

克的单位符号是 g,千克的单位符号是 kg。

"好的,倒进红色的盆里。你再打5个鸡蛋放进去。"

"我放4个可以吗?"

"按照你想的做吧。"姑姑玛塔无奈地摊了摊手说,"我看哪,今天你是甜点大师,而我是你的助手。"

没过多长时间,蛋糕坯子就放入了烤箱。蛋糕需要烤18分钟,伦卡时不时地看一眼厨房的时钟。烤好之后,等蛋糕冷却,就可以开始品尝了。

"怎么会这么糟糕呢?"伦卡皱着眉大叫。

这时,姑姑再也无法忍住自己的笑声,边笑边说:"因为你没有按照食谱做。"

"哦,不,不是那样的。"

"那你还记得上次和爸爸妈妈一起制作鸟屋时的情景吗?"

"嗯,记得,但这与蛋糕有什么关系呢?"伦卡耸了耸肩说。

"因为制作鸟屋也有规定,墙要垒多高、多宽,屋顶需要搭多大,测量必须准确。"

"嗯,是的。"伦卡点点头说,"爸爸测量得很仔细。"

"你知道如果木板切割得不均匀会怎么样吗?"

"做出来的墙壁是弯曲的,或者地板是不平整的……总之,比较蹩脚,应该把它扔掉。"

"就像这个蛋糕一样。"

"根本不像。"伦卡啃着蛋糕说,"好吃,好吃。这个烤焦的蛋糕皮味道好极了!"

温度读数

但是我不冷

尤里克不喜欢帽子、围巾和手套,他认为在冬天不要这些东西也没问题,因为外套有口袋和兜帽。但是,他不能和妈妈讨论这个问题。因为妈妈认为冬天离不开这些东西,甚至有时候深秋或者早春也需要用到。

"哦,拜托,今天就像秋天,虽然外面有霜,但看得出来,今天天气很好哦。"

"尤里克,不要再烦我了,不戴帽子不允许出门。"

"但我不冷哦。"尤里克今天早上已经说了好几次,"我真的不冷。"

昨天也是这样,明天肯定还是这样,妈妈已经受够了听这种话。她坐在扶手椅上,抚摸着小狗麦克斯的背部。

"儿子,你知道今天外面多少度吗?"妈妈用疲惫的声音问道。

"暖和的,外面很暖和。"尤里克自信地重复道。

"那是多少度呢?"

"我不知道。"

"你自己看看。"

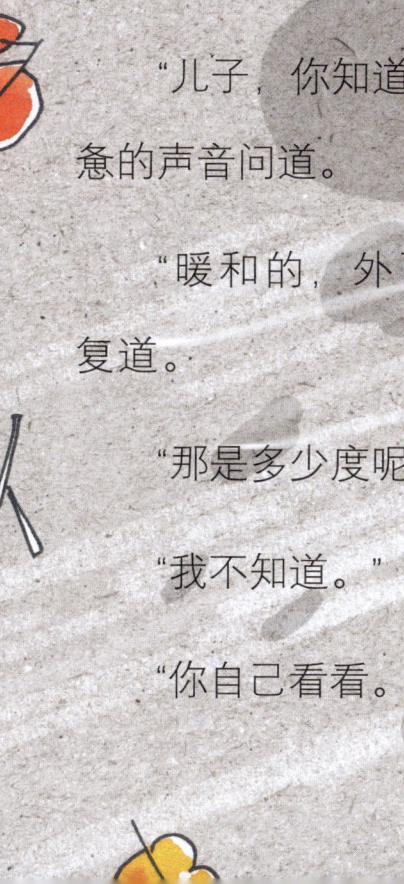

尤里克走到窗前看着温度计，上面有两种颜色，红色数字表示零度以上，蓝色数字表示零度以下。

"窗户很脏，看不清楚。"尤里克嘀咕着，"大约是零度。"

"哦，所以你还是看见了，是在零上还是零下？"

"嗯，温度是蓝色的，现在是零下4度。"尤里克喃喃地说。

"我想你应该知道怎么做了。"妈妈从她的椅子上站起来，拍了拍小狗麦克斯的头说："狗狗，你乖乖在家等着。我和尤里克、帽子、围巾一起去学校了。"

"你没说要戴手套哦!你没说!不用戴手套喽,不用戴手套!"尤里克围着小狗麦克斯蹦蹦跳跳地喊着。

今天不戴手套,明天我们再看情况。

 分数

我饿了

安特克的妈妈出差了,明天才回家。她每天都会给丈夫打电话询问孩子们的情况,每次都会听到他说孩子们表现得不错。

已经是晚上了,莱昂内克洗完澡睡觉去了,安特克写完了家庭作业,整理好书包,现在正和爸爸一起考虑晚饭吃什么。

"三明治怎么样?"爸爸建议道,但是安特克不同意。不仅如此,他还对烤面包、煎鸡蛋、牛奶或酸奶冲麦片以及奶酪萝卜等建议不屑一顾。

"哦,那你自己想办法吧。"

"比萨。"安特克兴奋地快速回答道。

"中午已经吃过比萨了。"

"那又怎样?"

爸爸叹了口气,安特克可以一直吃比萨,这是他的最爱。

"好的,我来订蘑菇火腿比萨。"

"还要有橄榄。"

"好吧……我知道,双倍橄榄。快去洗澡吧,然后穿好衣服来吃比萨。"爸爸一边伸手拿电话,一边对安特克说,"晚上睡觉前记得刷牙。"

正当安特克从浴室出来时,外卖员送来了比萨。

"我真走运,不是吗?"安特克开心地说。他准备好盘子、刀叉,拿来一瓶橄榄油,打开比萨盒,香气扑面而来,接着说,"一共8块,我们每人4块。"

橄榄油

"太棒了!"爸爸称赞道,"如果妈妈和我们在一起,而且莱昂内克也要吃的话,那么每人能分到多少块呢?"

安特克边吃边在心里计算着。

"每人两块。"他过了一会儿鼓着嘴巴回答道。

"很好。"爸爸又伸手拿了一块,说道,"如果我不饿,那应该怎么分呢?"

"每个人需要得到相同数量的比萨吗?"男孩问道,"莱昂内克也要吗?"

"当然了。"

"那就是每人两块,这样会剩下两块,但是……"

"我知道,那两块是我的!"爸爸突然大笑起来,说道,"你想出了什么办法吗?"

"你和妈妈总是对我说,要好好吃饭,对吧?"

"是的。"

"而且要吃得多?"

"是的。"

"那么剩下的这两块给我吃,另外……"安特克放下刀叉,伸出食指说道,"要不要我现在给你一块?"

"不用,不用。但是当莱昂内克长大后,你就得点两个比萨,否则不够吃了。"

日历

6月是蚕豆和樱桃的月份

对伦卡来说，要记住所有月份的波兰语名称和它们出现的顺序，真是太难了。她努力了很多次，都无法记准确。

"艾达能够做到，而我却一直做不到。"伦卡向妈妈抱怨道，过了一会儿她又提醒自己，"安特克也能做到。"

"你还没学呢。"妈妈平静地对伦卡说。

"我尝试过了。"

"那你按照我的方法再试试。"

"哦!"伦卡突然眼前一亮。也许妈妈有某种特殊装置?就像伦卡曾经在电视上看到的那样,睡觉的时候把像头盔一样的东西戴在头上,到了早上就可以说外语了。当然了,这不需要付出丝毫努力。

"你快去拿画画本和蜡笔,我在花园里等着你。哦,顺便带上订书机和大剪刀,就在我的书桌上。"

花园这里有桌子、椅子和巨大的遮阳伞。在栅栏后面,莱昂内克在婴儿车里睡觉,一旁的爸爸在用笔记本电脑工作。汽车在马路上呼啸而过,孩子们玩耍的声音从操场那边传来。

"这里学习环境不好。"伦卡抱怨道,"我会分心的。"

妈妈拿出画画本,撕下几张纸,把每张纸剪成了两半,然后把它们装订在一起。

"妈妈你在做什么?"

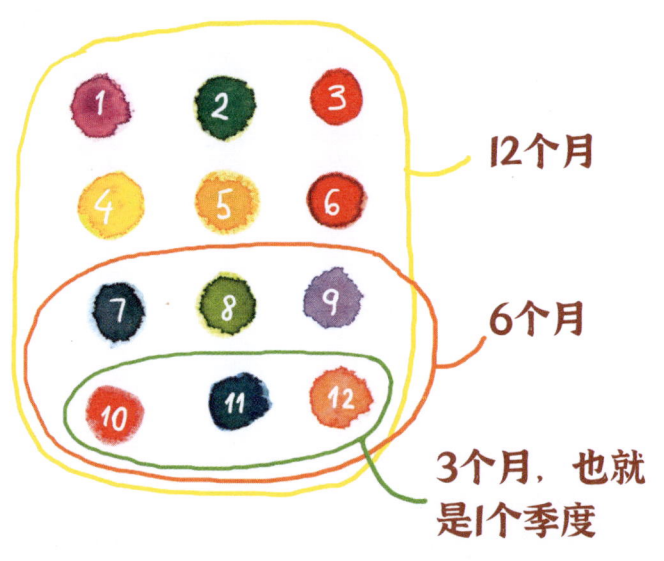

"一会儿你就知道了。"妈妈在每一页的顶部写上月份,并把做好的小册子递给伦卡,说道,"现在是几月?"

"6月。"伦卡无精打采地答道。不过,这不是"智能头盔",只是几张普通的纸而已。

"6月份你会联想到什么呢?"

"蚕豆,还有樱桃!"

"那么,你把它们画出来。"妈妈看了看太阳说道。

"嗯,我画得出来。"

"是的,我知道,那开始画吧。"

伦卡趴在纸上开始画起来,她又想到了草莓,所以也画了草莓。另外,她还回忆起小时候和爸爸妈妈一起玩画日历的游戏。

"画好了吗?"妈妈问道,同时视线越过女儿的肩膀,"画得不错。你知道爸爸哪个月过生日吗?"

"12月。"

"开始画了吗?"

过了一会儿,在第 2 张纸上出现了蛋糕、圣诞树和雪橇。而在其他纸上,她画了蘑菇、金色的叶子、忘忧草、滑雪板、妈妈的生日、安特克的取名日、11 月的雨,以及新买的天蓝色雨鞋。

到了晚上，伦卡做好了封面，签上了自己的名字，还制作好了书签。就这样，这本小册子完成了。最重要的是，这些月份的波兰语单词已经在她的脑海中留下了深刻的印象，而且她现在还能清楚地说出它们的顺序。

 测量与体积单位

与天才一起生活真难

尤里克认为自己已经长大,不再需要玩具了,至少不再需要房间里的那些了。他把玩具打包好,等着马丘什来拿。但是,有些玩具是他一直喜欢的:几艘塑料模型船和一大堆不同大小的杯子和塑料瓶。他小时候把水从较小的杯子倒入较大的杯子,再从这些杯子倒入塑料瓶子里,这样可以连续玩好几个小时。

尤里克正在浴缸里玩耍,小狗麦克斯趴在旁边的地毯上。刚才它还在盯着尤里克看,现在它睡得很香,而尤里克仍然在乐此不疲地玩着水。

过了一会儿，他迅速跳到地板上，很快擦干身体，马上穿好衣服，拿着一个蓝色的杯子冲向了厨房。小狗麦克斯被声音吵醒了，跟在他后面。

"发生什么事了？"妈妈问道，"你不应该在洗澡吗？"

"这个杯子的容量是四分之一升！"尤里克兴奋地指着那个蓝色塑料杯。

"你是怎么知道的呢？"

尤里克从冰箱里拿出一盒还没有开封的牛奶，把它打开并倒了一满杯，又很快地把杯子里的牛奶倒进煮奶锅里，同样的动作他又重复做了3次。

"哈哈！你猜怎么样？"他把牛奶盒倒过来，发现只有几滴牛奶流出来，又说道："那么100杯牛奶就是25升。我真是太聪明了！"

四分之一可以写成 $\frac{1}{4}$，那么二分之一就可以写成 $\frac{1}{2}$ 啦！

见此情景，小狗麦克斯也想祝贺尤里克，它跑到尤里克身边，伸过头去想要被抚摸。

"妈妈，我们明天还有牛奶喝吗？我是说明天的早餐。"

"已经没有了。"妈妈干脆地回答道，"这意味着明天早餐你吃三明治，而不是牛奶冲麦片，我就只能喝黑咖啡了。"

"啊，这样的生活是不是很难？"

"一点儿都不难，这就是天才的生活。"妈妈抱着儿子说。

"那我要再回到浴室算一算。"尤里克一本正经地补充道。

 长度单位

山区徒步

伦卡非常喜欢和爸爸妈妈一起徒步,如果每次都像今天这样,有安特克的加入,那将是非常美好的一天。

一路上,两个好朋友形影不离,有说有笑。他们聊到了学校的事情,但更多的还是今天在山区的所见所闻,比如那座最高的、雾气笼罩下的山峰,还有蜘蛛网、黑莓灌木丛、某个可以听到啄木鸟鸣叫的地方。他们沿途在岩石上做了标记。

"离目的地还很远吗?"伦卡问,"我可不是累了哦,我只是好奇,所以问问。"

爸爸拿出地图,把它展开放在草地上,指着上面的位置说:"我们现在在这里,而我们要去这边,大概还要走 7 千米。"

"那我们已经走了多远呢?"安特克坐在旁边的树桩上问道。伦卡也坐了上来,说道:"有 15 千米吗?"

"还没走那么多路程。"妈妈站在伦卡旁边说,"差不多走了5千米吧。"

"才走这么点儿路吗?"

"这可不少哦。"妈妈在孩子们旁边蹲下说,"你们注意哦,这可是山区徒步。我们将在旅社度过一晚,然后明天早上继续赶路。我们已经为明天计划了一条更长的路线,但别担心,肯定会比今天的路线容易些。"

"更长是多远？30千米？40千米？"安特克猜着。

"没那么远。"伦卡妈妈笑着对他说。

"那我们现在去哪里？"安特克环顾四周说道，"前面即将有个岔路口，哦，那边有个路标，我们现在走吗？"

"我们先在这儿吃点东西，休息一下。"伦卡爸爸建议道。

米 m
千米 km

1千米等于1000米,从这里到旅社还要走7000米!

"不嘛,不嘛,走吧。"安特克站起来准备出发,说道,"到旅社有更远的路吗?"

"为什么要走更远的路呢?"伦卡惊讶地看着她的朋友。

"哦,我之前把我们去山区徒步的事情告诉了巴莎。"安特克有些难为情地回答。果然伦卡对此不太高兴,她知道巴莎肯定跟安特克说了些难听的话,巴莎总是喜欢捉弄别人。

"她嘲笑我们肯定走不了很远,还说我们根本不懂什么是山区徒步……"

"别担心。"伦卡戳了戳安特克并冲他眨眨眼说,"你怎么可能不懂?我们去旅社买张明信片,写好之后寄给巴莎,你看怎么样?"

"那又能怎样呢?"安特克还是一脸酸楚。

"你就写你爬到了多高的地方。"伦卡爸爸向安特克眨眨眼并说道,"海拔1500米,这样可以说服巴莎吗?"

"是的。"伦卡和安特克异口同声地说。

 罗马数字

有金色钟摆的时钟

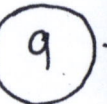

  奶奶的房子里有很多旧东西。艾达喜欢那把扶手上雕刻着漂亮图案的扶手椅、有螺旋腿的桌子、几乎占了半个房间的大型黑色衣柜,以及立在架子上的陶瓷小人。她早就和这些喜爱的东西成了好朋友。唯一的问题是,她不会读挂在墙上中央位置的大时钟,这是奶奶的妈妈送给奶奶的结婚礼物。奶奶用一把特别的小钥匙定期给这个时钟上发条,小钥匙每天都放在抽屉里。

这个时钟有金色的指针、闪亮的钟摆和一个大表盘。其他的钟艾达都会读,唯独这个钟不会读,因为白色表盘上画有奇怪的黑色标记。比如说,在应该是数字"3"的位置,这里是3根横线;在应该是数字"10"的位置,这里是"X"。奶奶说,这些黑色标记是罗马数字,她希望艾达和这个有金色钟摆的时钟成为好朋友,等艾达长大后,它将陪艾达一起生活。

 金钱

伦卡的零花钱

以前,当伦卡想买点什么东西的时候,她需要向妈妈要钱。现在,她想要定期得到零花钱,这时妈妈问道:"你想好了吗?"

"嗯,想好了。"伦卡确信地点点头,并满脸严肃地说,"我所有的同学基本上都是这样,如果有零花钱,就可以学着有计划地消费。"

"我觉得你的提议很有道理,那你打算什么时候开始呢?"

"就从今天开始怎么样?"

"今天是星期二,也就是说下一次给零花钱是下个星期二。这样,我们已经把时间定好了,现在……"

编者注：为方便中国读者理解，此处以中国货币为例。

"那么一次给多少呢？"伦卡打断了妈妈。

"你认为多少合适呢？"妈妈问道。

伦卡想了想，她要在学校的小卖部、书店买东西，可能买些零食，也可能偶尔在街角那家新开的商店买个毛绒玩具……然后说道："100元怎么样？"

"你是说每个星期吗？"妈妈笑得合不拢嘴，"这么一来你知道一个月会是多少吗？"

"400元。"

"一开始，你每个星期能得到7元，后面我们根据具体情况再看。"妈妈宣布道，而伦卡则皱起了眉头。

5+1+1=7

1+0.5+5+0.5=7

1+1+1+1+1+1+1=7

"我要在小卖部买果汁,这点零花钱不够用哦。"

"果汁家里有。"妈妈亲了亲女儿的额头说道,"开动你的脑筋,好好计划这些零花钱怎么用。"

"很明显,别的不要想了。"伦卡心想,"7元可以轻松买到奥拉用的那种彩虹蜡笔,还可以买到两个艾达戴着的那种彩色发夹。"一个星期后,伦卡的第一笔零花钱用光了,好在她马上就会得到第二笔。

而两个星期后,伦卡却欠了艾达的钱,这是因为她看中了商店橱窗里的新贴纸,但她的钱不够,幸运的是艾达借给了她一些钱。

"你的财务管理做得怎么样了？"有一天爸爸问伦卡。

"挺好的。"

"妈妈说你有一些债务。"

"已经没有了，我把那3元钱还给艾达了。"

"很好，不过我希望以后当你想买那些不太重要的东西时，先别找朋友借钱，试着自己攒攒看。"

"一定要这样做吗？好吧，我试试看。"伦卡看着爸爸认真的表情回答道。

 时间

小假期

 已经是白天啦!

　　这座古老的木头房子面向湖泊,背靠森林,周围的一切都显得生机盎然。这是5月的一个周末,伦卡和爸爸妈妈前一天带着小猫伊泰克来看望尤拉女士和马奇克先生。第二天早上,尽管妈妈已经叫了伦卡好多次,但她仍没有下楼,她正待在自己的小房间里看书,小猫伊泰克则睡在一张旧地毯上。伦卡瞥了一眼她的手表,平时这个时候,她已经在学校了,而今天不需要赶时间,周末就是一个小假期。看书的感觉真好,但肚子开始咕咕叫了。她走到了厨房,这里有香喷喷的新鲜面包,旁边的盘子里盛着白奶酪,罐子里装着琥珀色的蜂蜜。伦卡不慌不忙地拿了一个三明治,走到了屋外。这外面真是热闹啊!自行车、背包和毯子被随意地扔在院子里,伦卡的爸爸妈妈、尤拉女士和马奇克先生以及他们的孩子——科斯特克和伊格纳斯,正在追逐嬉戏。

"这是准备做什么?"伦卡问道,并在门前的台阶上坐了下来。

"你怎么还穿着睡衣?"科斯特克笑着说,"你就这样和我们一起去吗?"

"去哪里啊?"

"我们去湖边,到时候会有篝火烧烤、追逐游戏和钓鱼活动。"伊格纳斯解释说。

"哇,我也想去!"伦卡站起来往屋里跑,边跑边说,"等我一会儿,我马上准备好。"

"你快点儿,宝贝!"妈妈在后面喊道,"别忘记刷牙。"

伦卡需要洗漱好,换好衣服,把书装进书包,把小猫伊泰克放进一个特殊的篮子。这只小猫很聪明,不会在旅行中跑掉,而是紧紧地跟着伦卡。还要带什么呢?对了,带上相机,她匆匆忙忙地从屋里跑出来。过了一会儿,大家出发了。

他们一路上走走停停,没有人因此着急。有时伊格纳斯想要小便,有时马奇克先生带他们看巨大的蚁穴和老橡树。最后,他们到达了湖边。尤拉女士提前做好了三明治,现在是他们大饱口福的好时候。

一天有24个小时,我白天显示12个小时,晚上显示12个小时。

早上6点

晚上6点,也就是18点

在沙地上才能生篝火,并且要靠近水,远离树木和草地,等篝火旺起来也需要一些时间。

"现在几点钟了?"伦卡躺在餐垫上问道,旁边的小猫伊泰克正在拨弄着扫帚。

"你觉得呢?"爸爸问道。

伦卡想了想,收集木材,玩一会儿捉迷藏游戏、赶鸭子以及与科斯特克和伊格纳斯赛跑,这些能花多长时间呢?有4个小时吗?

1小时等于60分钟,那么半小时就等于30分钟啦!

"现在应该是晚上 6 点,或者晚上 6 点多一些,我又饿了,所以说现在是晚餐时间。"伦卡说道。

"你饿了吗?这要感谢新鲜的空气和陪你玩了这么久的小伙伴们。"尤拉女士说。

深夜

乘法

神奇的梦

24　6

16

32

　　学习乘法表并不轻松，要记住所有的运算结果真是太难了。然而，每个孩子都有自己的方法。尤里克白天学习乘法表，而晚上睡觉时把数学书放在枕头下面。伦卡在散步的时候头脑里不断复习着乘法表。艾达和科奇斯一起学习，他们轮流向对方提问。

　　安特克将乘法表抄写在一块大纸板上，并贴在书桌上方的墙上。虽然这样会遮住星球海报，但可以一直看到乘法表。今晚他甚至梦到了乘法表，所有的运算结果都在房间里跑来跑去，有的在玩他的乐高积木，有的在架子上和装球的箱子里搞恶作剧。它们玩累了的时候，又跳到大纸板上，但是并没有回到各自正确的位置上，还一直在咯吱咯吱地笑，它们可真幽默！

我们好像有某些联系?

"嘿!嘿!4乘4不等于24,6乘7也不是45,你们都站错位置了,赶紧回到自己的位置上吧。"安特克看着这些乱七八糟的东西,挠了挠头说道。他感觉到伦卡也在这里,她骑着自行车大声地重复着这些结果。

"那你来调整我们的位置吧。"

"可是我不会。"

"你试试吧。"

安特克开始将这些数字按位置排列好,唉,这太辛苦了,他最不喜欢那些关于9的乘法。

"儿子,醒醒吧!"安特克突然听到有人喊他。妈妈抱着笑嘻嘻的莱昂内克进了房间,说道:"早上好。"

安特克伸了个懒腰,看了一眼墙上的大纸板,又钻进了被窝里。

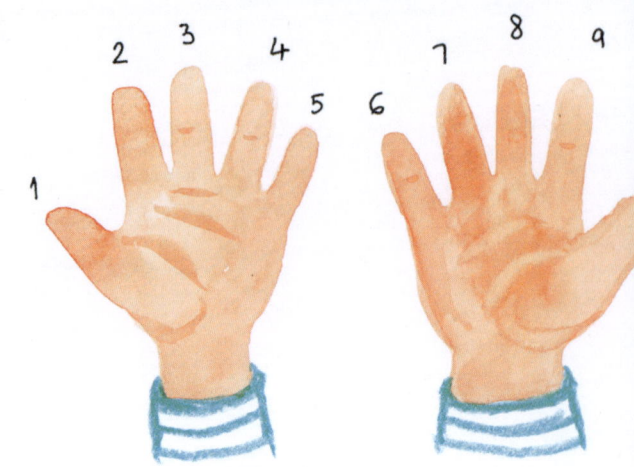

用手指来做9的乘法

乘法符号是 ×

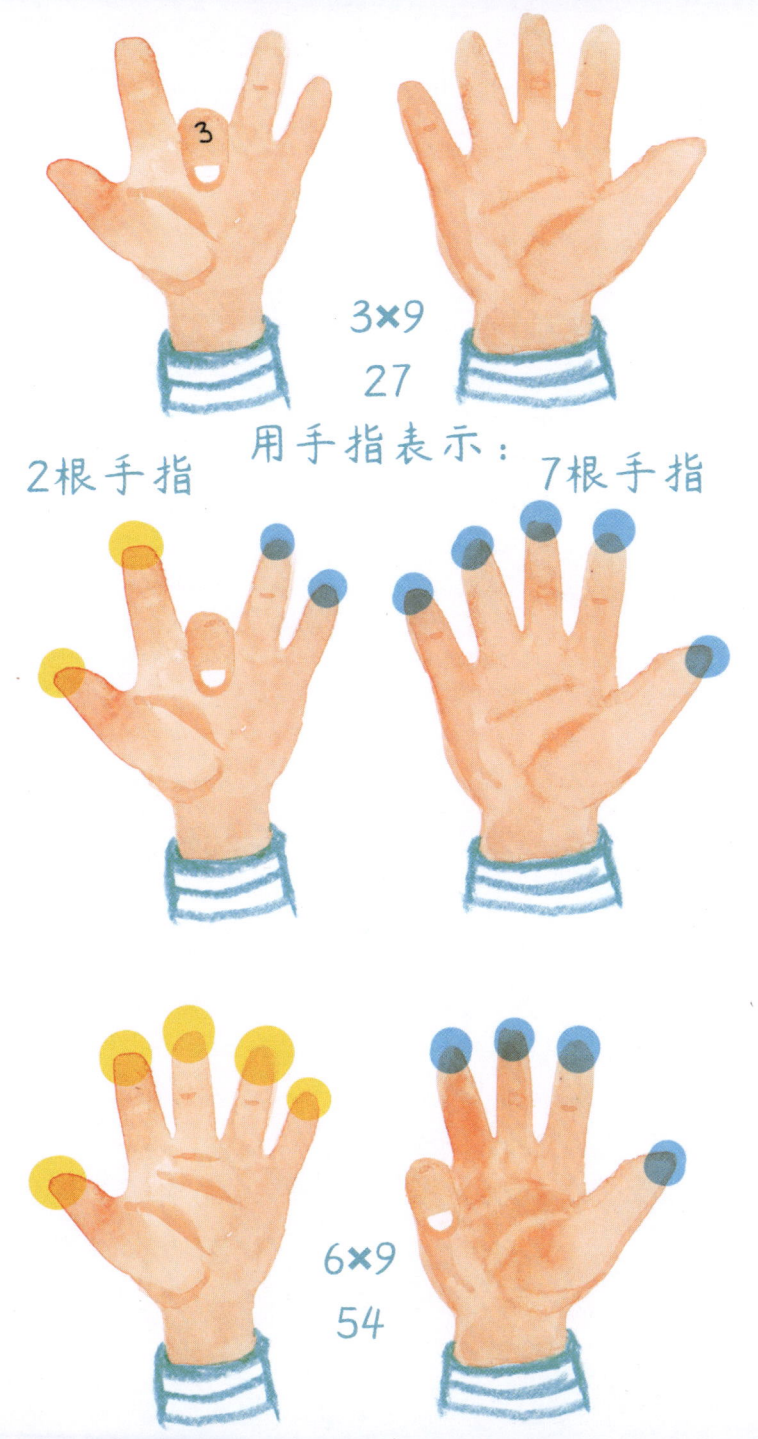

"妈妈，快来考考我！"安特克自信地说，"最难的我也不怕。"

"9乘9是多少呢？"

"81。"

"太棒了！"安特克完美地回答出了所有的问题，妈妈一遍又一遍地夸奖道，"瞧，你已经学会了。"

小男孩乐得合不拢嘴。

这是他做过的最神奇的梦。

日历

伦卡的日历

6月

儿童节

妈妈的生日

在伦卡小时候，当时她还不会写字。每当发生了一些对她来说很重要的事情，或者有一些她特别想记住的东西时，她就会在一本大日历上画出来，爸爸妈妈会帮她写上正确的日期。伦卡画了很多内容：看牙医，跨在城市上空的双彩虹，跟妈妈和姑姑玛塔一起摘来的一整篮油光发亮的棕色栗子，等等。有一阵子她每天都画，有时候几个星期画一次。

现在这本日历放在一个箱子里,伦卡经常会把它拿出来看看。2月18日看牙医,图画旁边贴了张"勇敢的病人"的贴纸。5月7日出现了彩虹。10月的第一个星期画的都是蘑菇,伦卡还记得那个时候,她和爸爸妈妈看望尤拉女士和马奇克先生。那里到处都有蘑菇,通往房子的小路上也有。11月画了很多金黄的树叶,还有伦卡缠着绷带的左手,那时她很不走运地摔断了两根手指。那12月呢?画的是一个雪橇、一棵圣诞树和一颗爱心。

2015

9月

这一天很暖和。

	1	2	3	4	5	6
	7	8	9	10	11	12	13
14	15	16	17	18	19	20
21	22	23	24	25	26	27
28	29	30				

我得到了一个书包。

书本

10月

			1	2	3	4
5	6	7	8	9	10	11
12	13	14	15	16	17	18
19	20	21	22	23	24	25
26	27	28	29	30	31	

11月

						1
2	3	4	5	6	7	8
9	10	11	12	13	14	15
16	17	18	19	20	21	22
23	24	25	26	27	28	29
30						

12月

	1	2	3	4	5	6
7	8	9	10	11	12	13
14	15	16	17	18	19	20
21	22	23	24	25	26	27
28	29	30	31			

爸爸的生日

;)

伦卡笑了笑，没想到发生了这么多事情。有这本日历真好，就算有什么事情不记得了，也能从这里回想起来。现在她要在日历上写点什么，就像艾达说的，它不仅仅是日历，更像是一本日记。

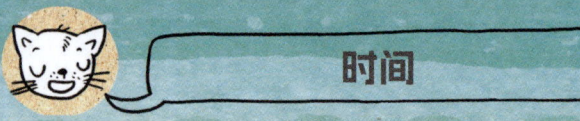 时间

还要多久

安特克和爸爸正要开车去姑姑卡西的避暑别墅,妈妈和莱昂内克一个星期前就已经去那里了。

"GPS 显示我们两个小时内就可以到你姑姑家。"爸爸说。

"太好了。"安特克回答说,"我已经把我的球装好了。"

11:00 出发

"真棒。"爸爸发动汽车,说道,"在那边我们可以打球、游泳、看书和闲逛。"

"不知道为什么,今天这么热。"安特克喘着气说,他的脸颊红红的,脖子后面的头发也汗湿了。

 11:15

"可能车子的空调坏了。"爸爸低声说着,并擦了擦额头上的汗水。

"那我们该怎么办呢?"

"先把窗户打开,等我们到姑姑家了,我去找汽修店。"

"还要多久?"

"大概半小时。"

安特克皱起了眉头,为了转移注意力,他往窗外看了看,汽车、房屋、远处的森林,蓝蓝的天空中没有一丝云彩。

幸运的是，道路很快变得通畅了。

现在我们必须先找到加油站。路标显示，最近的加油站离这里有 30 千米。爸爸和安特克往那边开，到了加油站，有很多汽车在排队。

"现在几点钟了？"安特克嘟囔着。

爸爸没听见安特克说话，他正在用手机播放音乐。安特克下了车，至少可以伸展一下双腿，排队的车辆顺利地向前移动着。

"再过 5 分钟我们就可以上路了，我先去付钱。"爸爸说。过了一会儿，他带着水和冰激凌回来了，说道："快进来。"

哎呀，车里太热了。

"我快要蒸熟了！"安特克一脸不情愿地说。坏了的空调、堵车、改道，以及过得很慢的时间，把他折磨坏了。

"我和你一样。"

"我比你难受多了,爸爸。还要多久才能到呢?"

"40分钟吧。我不知道你现在感觉如何。"爸爸扯着嗓子说,"反正我是想一到那边就跳进湖里游泳,直到傍晚再出来。"

出发前,爸爸在家里说,他必须看一下笔记本电脑,因为有一些没处理的工作需要尽快完成。安特克想象着自己在齐脖子深的水中游泳,眼前浮现出自己趴在莱昂内克的黄色充气鳄鱼上玩的样子,不知不觉开心地笑了。

到达

玩耍

数字和数位

我们将会成为名人

这是一个不同寻常的夜晚,安特克、伦卡、艾达、科奇斯和尤里克穿得很暖和,他们手挽着手,一起躺在树屋里。透过树屋屋顶开口较大的缝隙,可以清楚地看到星空。

"漂亮极了。"伦卡无数次地感叹道。"是啊。"艾达点点头说。

"我看到了一节大车厢。"尤里克喊道,"也有小车厢。"

"这个你已经跟我们说过了。"科奇斯淡定地提醒他。

"那又怎样呢?我们可以开始了吗?"

"可以。"安特克搓了搓手说,"我们只要能数出天上一共有多少颗星星,就可以成为名人了,然后我们的名字也会出现在教科书里,以后的孩子们将在课堂

小车厢
(小熊座)

大车厢
(大熊座)

北极星

上学习关于我们的故事。"

尤里克皱了皱眉头,他感到有些遗憾,因为他不是最早提出这个想法的人。

"那我们怎么数呢?"伦卡问道。

"你和艾达从那颗闪亮的星星往右边数,我们从它的左边数,十个十个地数。"

"我可以一百个一百个地数,我是班上数数最快的。"尤里克自夸道。

"那你来数,我来记录。"安特克拿出一本专门为这个特别的夜晚买的笔记本,在好朋友面前晃了晃,说道,"准备好了吗?"

"等我擦一下眼镜。"艾达迅速地说。

"等我调整一下枕头。"

"好了吗?"

"好了。"

树屋里安静得可以听到小朋友们的呼吸声,有人时不时地小声数着:"1,2,3……97,98,99……"

"我数到100个了!"尤里克喊道,"哈哈,第一个100!我数到第一个100啦!你写下来,我接着数。"他继续说着什么,但说得不太清楚。

"什么情况?好像有人在打呼噜。"过了一会儿,艾达低声说道。

"尤里克睡着了。"科奇斯平静地说着,"而且,他还拿走了我的枕头。"

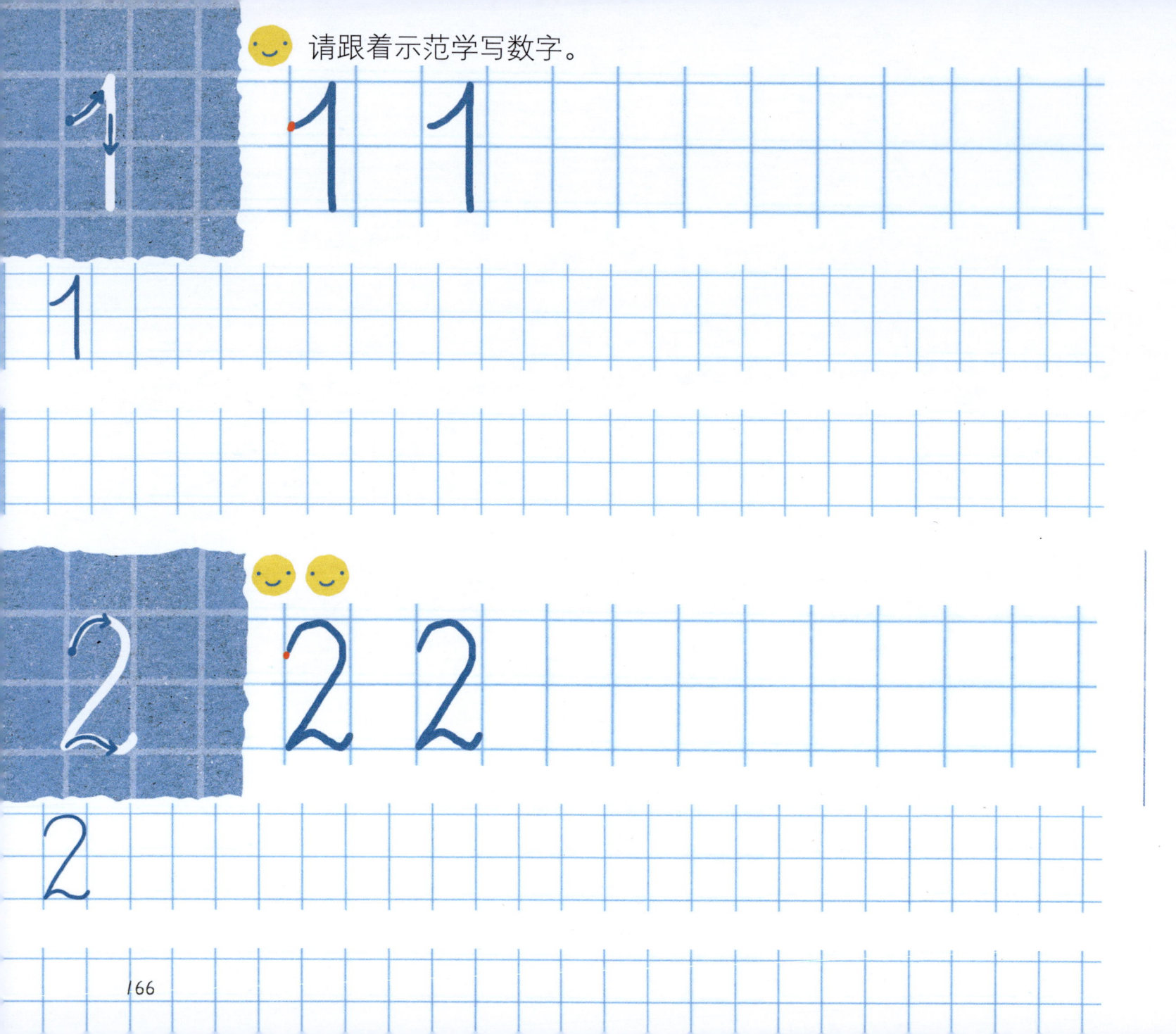

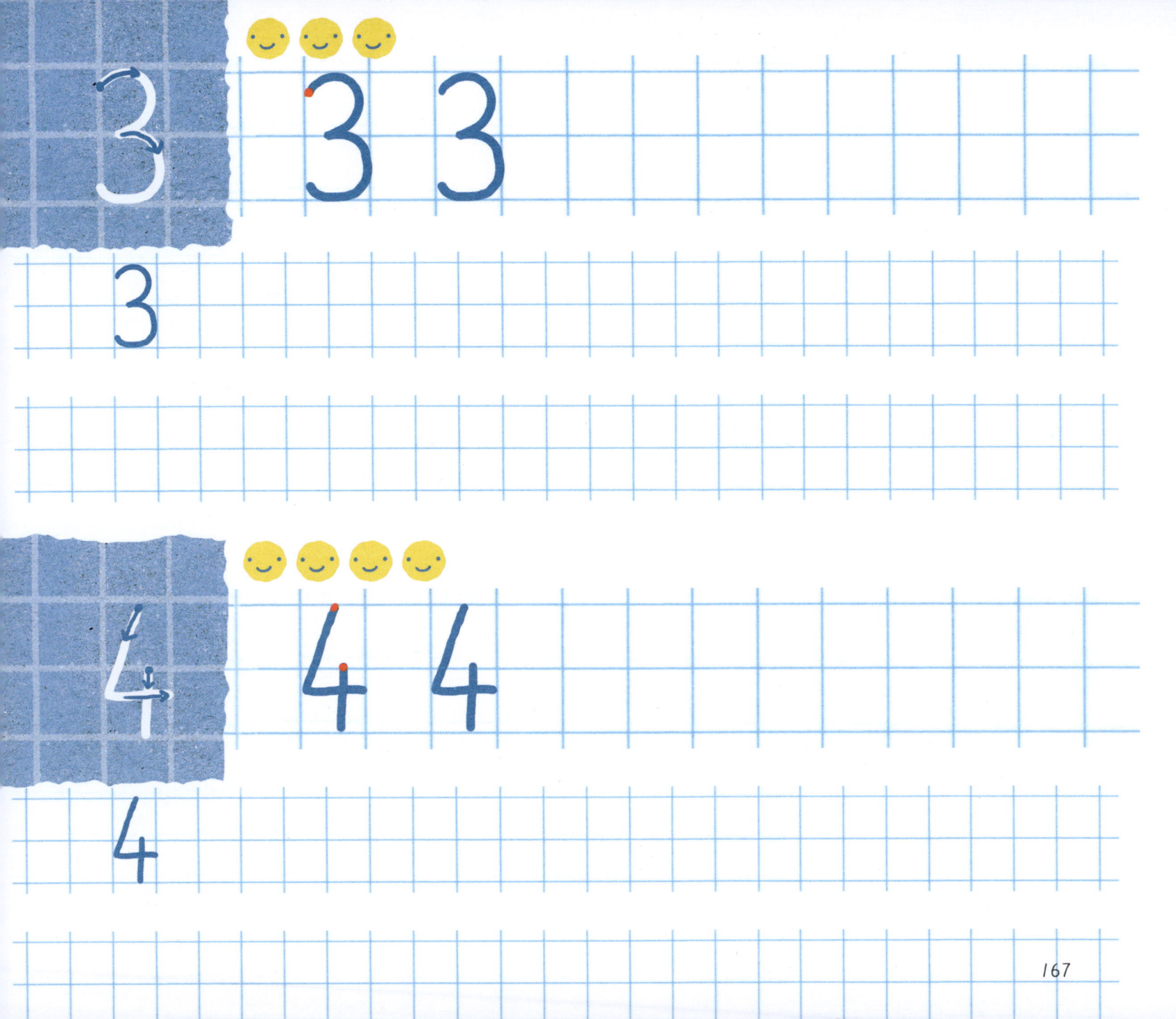

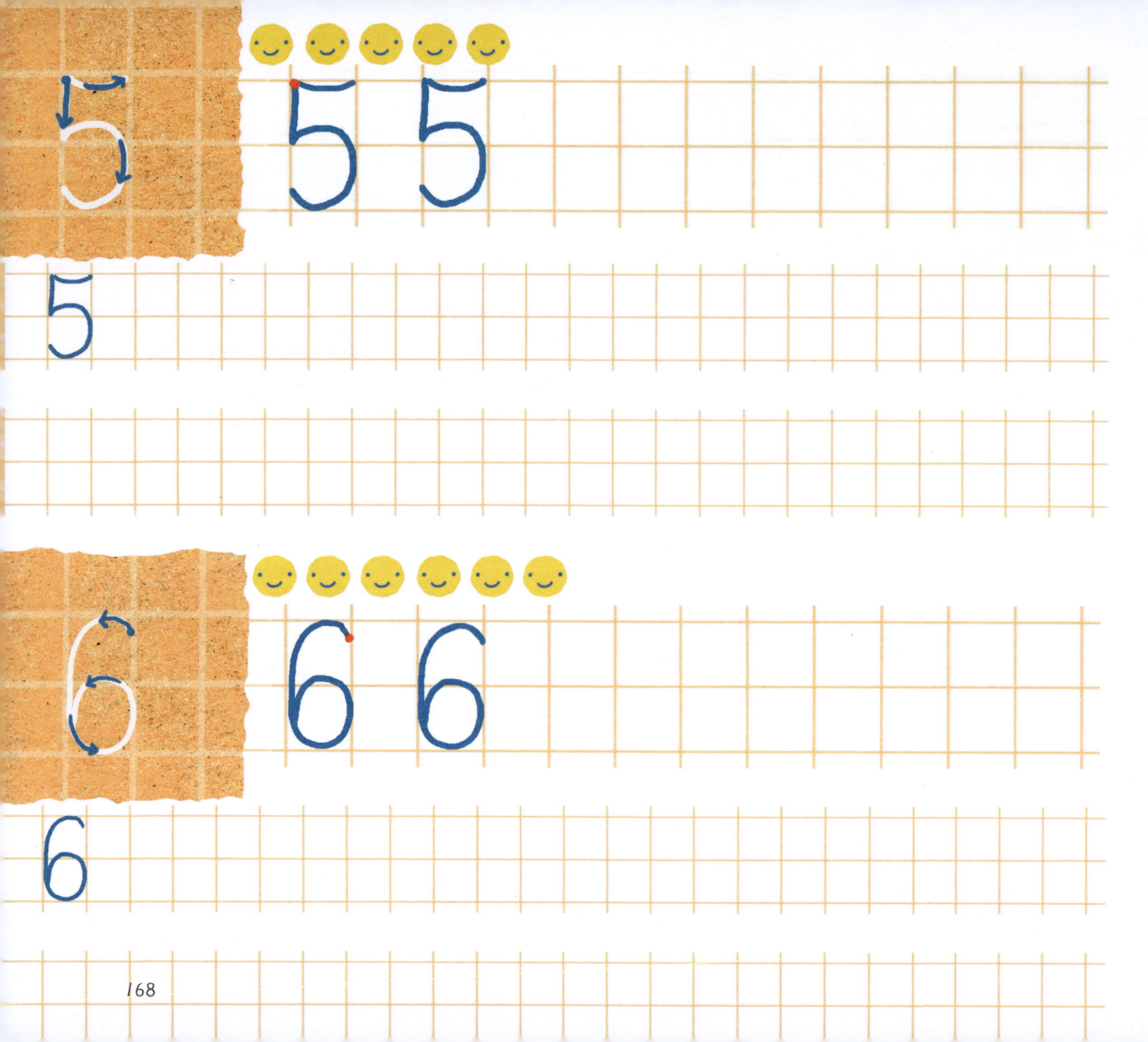

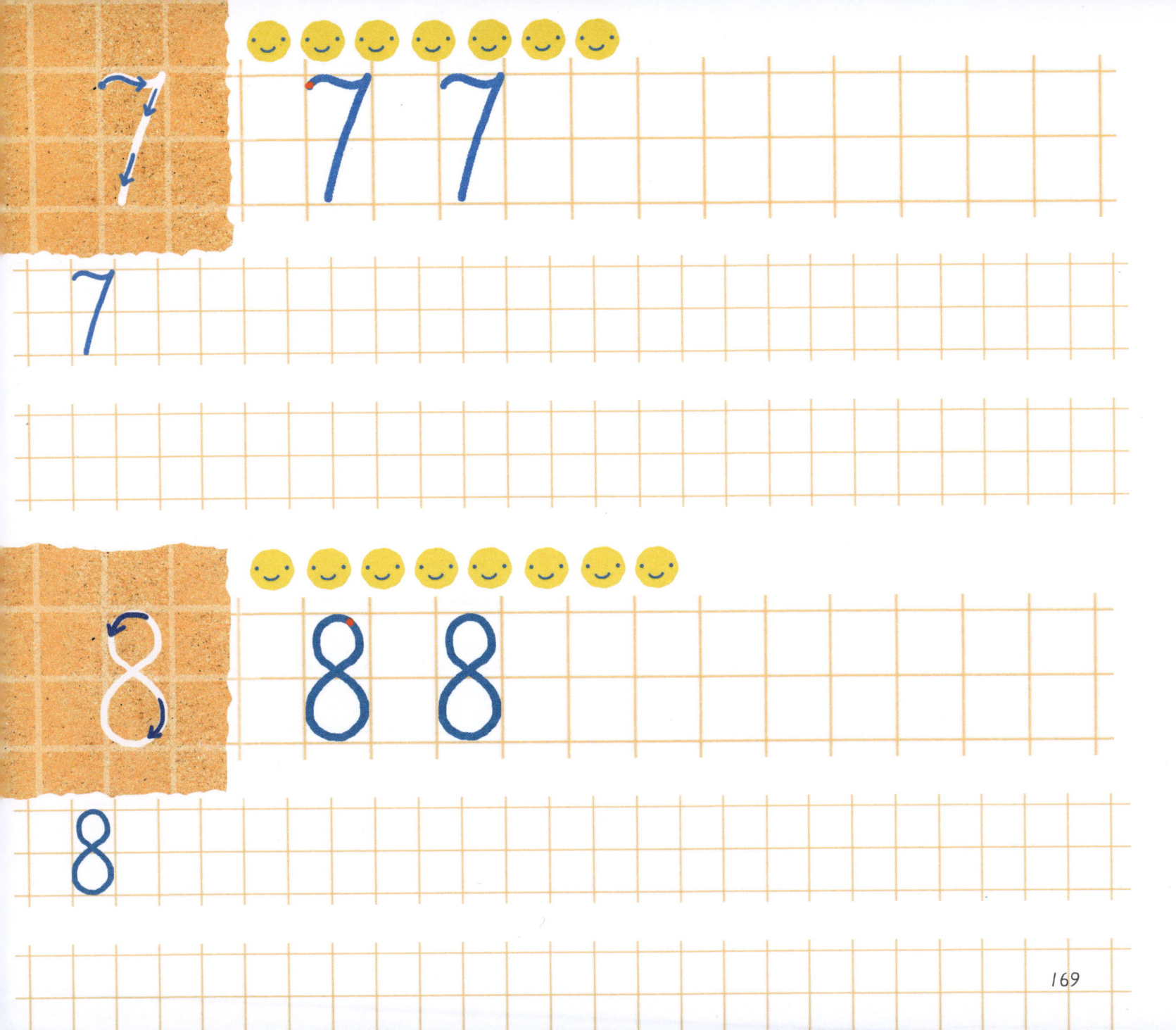

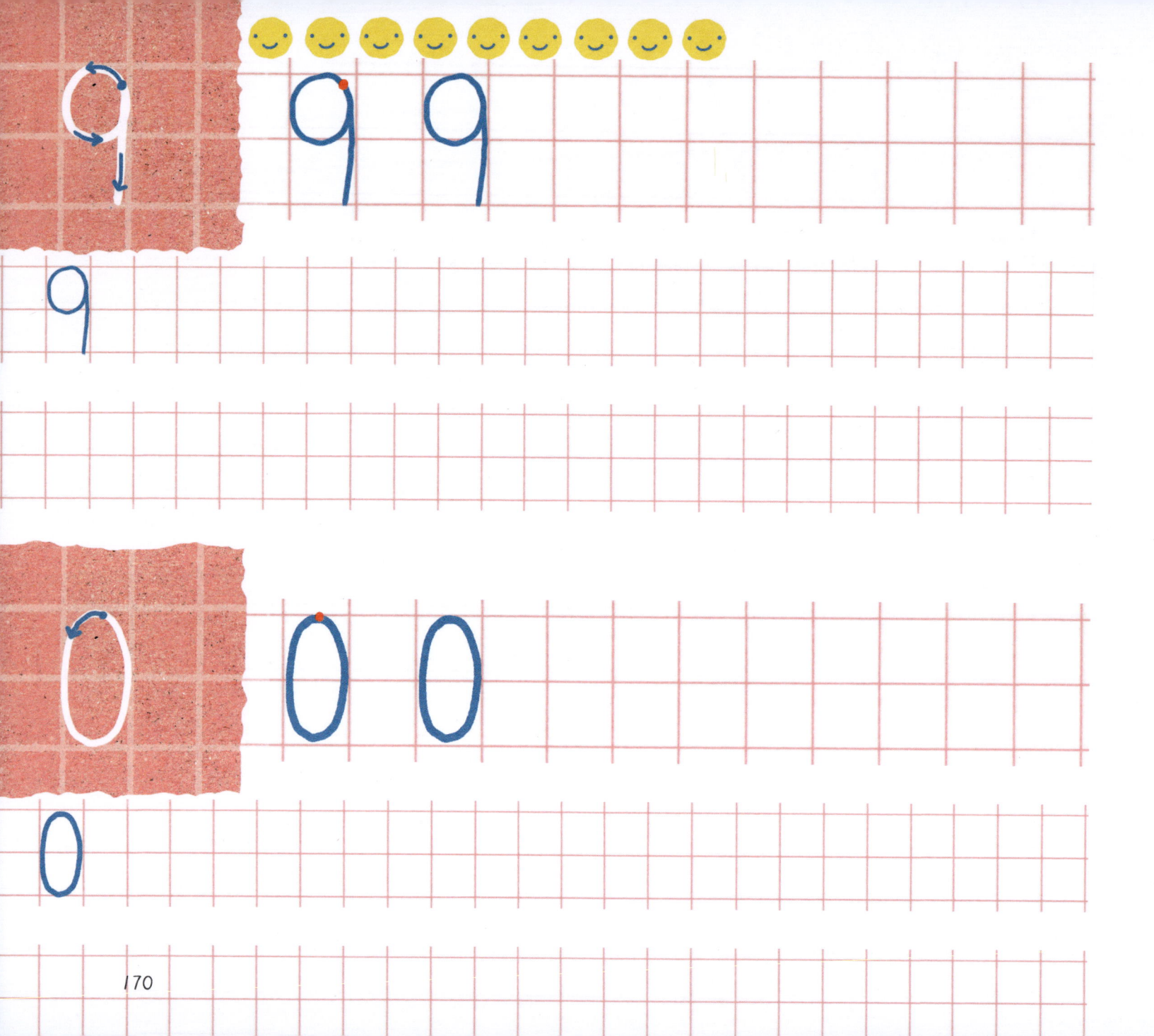

请跟着示范学画几何图形。

请找出下面图形的对称轴，然后画出对称的部分。

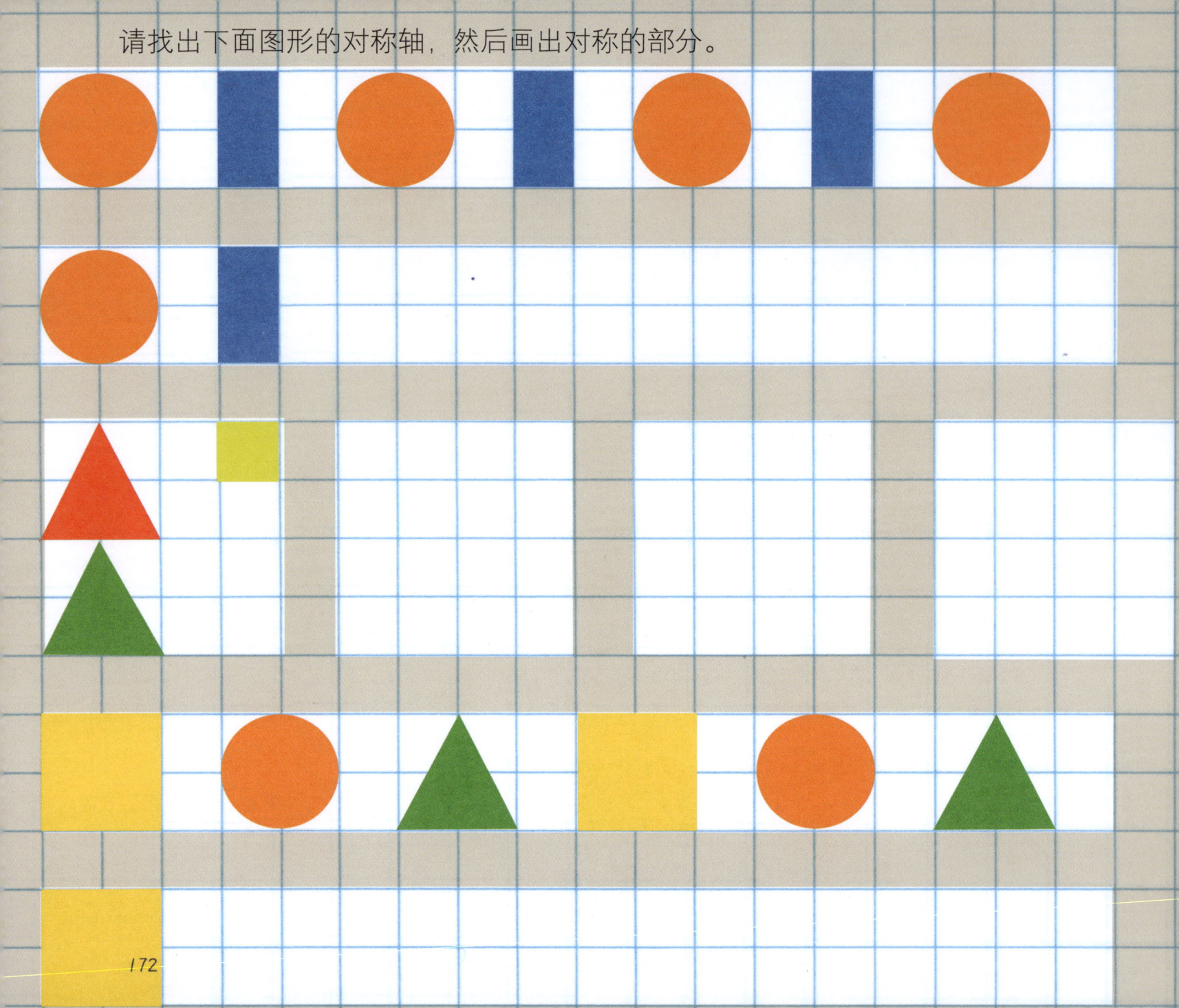

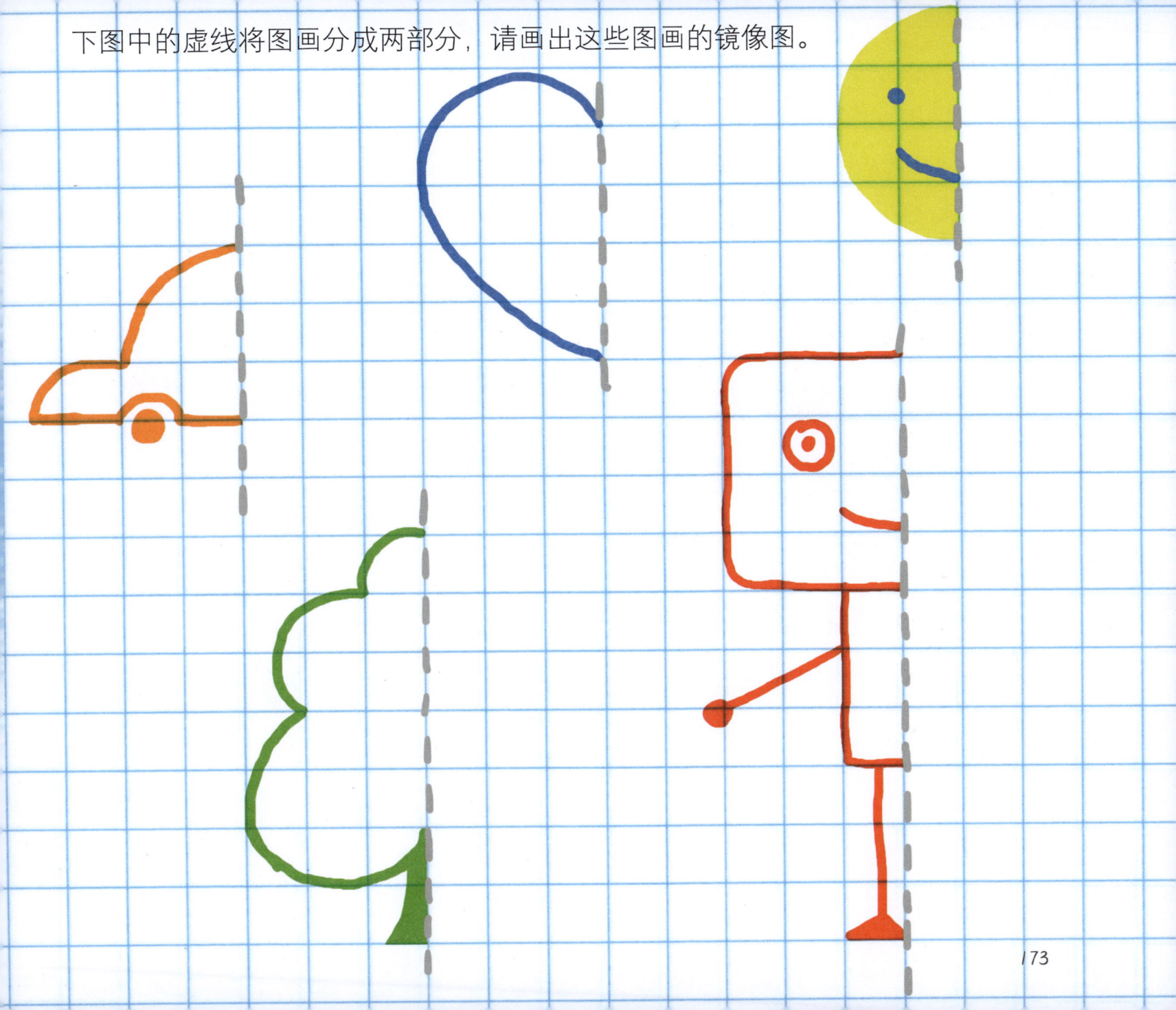

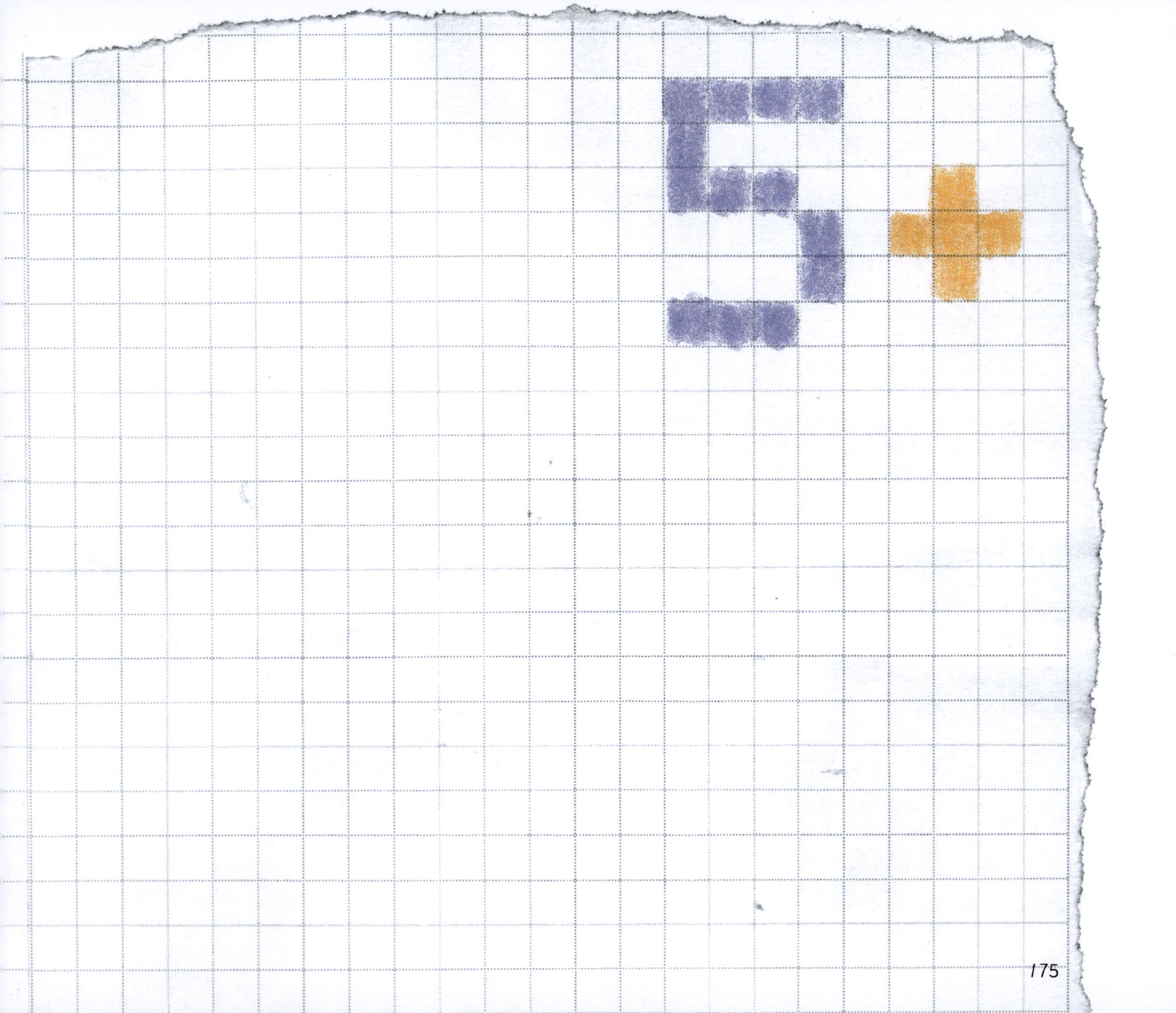

图书在版编目(CIP)数据

生活里的数学家 / (波) 贝阿塔·奥斯特洛维茨卡著;
(波) 卡塔日娜·科沃捷伊绘;高良译. —— 北京:北京
联合出版公司,2023.8
(你好!奇妙的科学)
ISBN 978-7-5596-7127-1

Ⅰ.①生… Ⅱ.①贝… ②卡… ③高… Ⅲ.①儿童故
事 – 图画故事 – 波兰 – 现代 Ⅳ.①I513.85

中国国家版本馆CIP数据核字(2023)第123684号

著作权合同登记号 图字:01-2023-3583

Published in its Original Edition with the title Poczytam ci,mamo. Elementarz matematyczny,text by Beata Ostrowicka and illustrations by Katarzyna Kołodziej Text © by Beata Ostrowicka copyright © Wydawnictwo"Nasza Księgarnia",Warszawa 2016 This edition arranged by Himmer Winco © for the Chinese edition: Beijing Standway Books Co.,Ltd

本书中文简体字版由北京 Himmer Winco 文化传媒有限公司独家授予北京斯坦威图书有限责任公司。

你好!奇妙的科学:生活里的数学家

项目策划:斯坦威图书
作　　者:[波] 贝阿塔·奥斯特洛维茨卡 著
　　　　　[波] 卡塔日娜·科沃捷伊 绘
　　　　　高良 译
出 品 人:赵红仕
总 策 划:李佳铌
策划编辑:韩依格
责任编辑:夏应鹏
封面设计:高怀新
内文排版:杜帅

北京联合出版公司出版
(北京市西城区德外大街83号楼9层 100088)
河北鹏润印刷有限公司 新华书店经销
字数 50千字　850毫米×1000毫米 1/16 11印张
2023年8月第1版 2023年8月第1次印刷
ISBN 978-7-5596-7127-1
定价:108.00元

版权所有,侵权必究
未经许可,不得以任何方式复制或抄袭本书部分或全部内容
本书若有质量问题,请与本公司图书销售中心联系调换。电话:010-82561773